糟糕壞小孩
氣嘟嘟

THE WORLD'S
WORST CHILDREN 2

大衛・威廉(David Walliams)著
東尼・羅斯(Tony Ross)繪

晨星出版

David Walliams
大衛‧威廉幽默成長小說

神偷阿嬤	午夜幫
臭臭先生	壞心姑媽
小鬼富翁	冰原怪獸
巫婆牙醫	鼠來堡
爺爺大逃亡	瞪西毛怪
壞爸爸	皇家魔獸

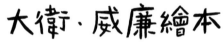

大衛‧威廉繪本

愛嚇人的蹦蹦熊

飛天企鵝傑洛尼莫

第一個登陸月球的河馬

學校裡有蛇

動物合唱團

──── 蘋果文庫 136 ────

糟糕壞小孩：氣嘟嘟
The World's Worst Children 2

作者：大衛·威廉（David Walliams）
繪者：東尼·羅斯（Tony Ross）
譯者：郭庭瑄

責任編輯：呂曉婕、謝宜真 ｜ 文字校對：呂曉婕、謝宜真、蔡雅莉
封面設計：鐘文君
美術編輯：黃偵瑜

負責人：陳銘民 ｜ 發行所：晨星出版有限公司 ｜ 行政院新聞局版台業字第 2500 號
總經銷：知己圖書股份有限公司 ｜ 地址：台北市 106 辛亥路一段 30 號 9 樓
TEL：(02) 23672044 / 23672047 ｜ FAX：(02) 23635741
台中市 407 工業 30 路 1 號 ｜ TEL：(04) 23595819 ｜ FAX：(04) 23595493
E-mail：service@morningstar.com.tw
晨星網路書店：www.morningstar.com.tw

法律顧問：陳思成律師
郵政劃撥：15060393 ｜ 知己圖書股份有限公司
讀者服務專線：02-23672044、02-23672047
印刷：上好印刷股份有限公司
出版日期：2021 年 09 月 15 日 ｜ 定價：新台幣 350 元

ISBN 978-626-7009-33-8
CIP 873.596 / 110010909

線上填寫回函，
立刻獲得50元購書金

大衛・威廉

獻給我所有在
北郡特教學校
(Northern Counties School)
的朋友，
附上滿滿的愛

東尼・羅斯

獻給凱特 (Kate)、
露西迪 (Lucy D)
和最真、最棒的
克斯威爾幫 (Kerswell Ganag)

謝謝大家

**我想感謝幾個世界上最糟糕的大人，
謝謝他們協助我完成這本書。**

首先是本書的繪者**東尼・羅斯**，他會走進書店在其他插畫家的作品上亂塗鴉，畫些很低級的圖案。

再來是執行出版人**安珍寧**（Ann-Janine Murtagh），如果作者不準時交稿，她就會拖著他們走過刺得要命的蕁麻叢。

偉大的哈波柯林斯出版社（HarperCollins）執行長**查理**（Charlie Redmayne），他要求辦公室裡所有人都要叫他「查理國王陛下」。

當然，我還要謝謝我的經紀人**保羅**（Paul Stevens），他把活生生的倉鼠綁在頭上，掩飾自己禿頭的事實。

接著是我的編輯**愛麗絲**（Alice Blacker），她喜歡大聲放屁，再賴給隔壁那個友善的女同事。

出版總監**凱特**（Kate Burns），她會故意對著別人的布丁打噴嚏，這樣她就能自己獨吞了。

執行編輯**莎曼珊**（Samantha Stewart），以「神出鬼沒的原子筆小偷」聞名。她收藏了兩萬枝筆，全都是偷來的。

還有坐在她對面的創意總監**薇兒**（Val Brathwaite），她整天都在吃自己的肚臍毛。

藝術總監**大衛**（David McDougall），他一定要用內褲套頭才願意工作。

本書的封面設計師**凱特**（Kate Clarke），她很喜歡整人，會用釘書機把別人的洋裝釘在椅子上，這樣她們起來時就會撕破裙子，屁股被大家看光光。

文字設計師**艾洛琳**（Elorine Grant），看起來人很好，但她桌上擺的那罐「歡迎大家拿去吃」的彩色圓球其實不是糖果，而是玻璃眼珠。

公關總監**潔拉汀**（Geraldine Stroud）……她是最糟糕的一個。如果孩子們來書店不買我的書，潔拉汀就會威脅說要揍他們一頓。我是滿贊成的。

我的公關**珊姆**（Sam White），老實說她不該出現在感謝名單上，因為她根本什麼都沒做，只會一直挖耳朵，再把又臭又黃的耳屎彈到別人身上，藉此打發時間。

最後我要感謝我的有聲書編輯**譚雅**（Tanya Hougham），她是個殘酷的狠角色，會在你的耳機上塗強力膠，所以錄完有聲書後，耳機會永遠黏在你頭上。

David Walliams 大衛‧威廉

女王陛下的公開信

親愛的讀者，

　　能為本書揭開序幕，本人深感
榮幸，內心無比驕傲。

　　這是一個偉大的時刻，無論
對英國、大英國協或世人來說
皆然。

我非常仰慕作者大衛・威廉。事實上我覺得很奇怪，自己竟然還沒授予他榮譽頭銜。大衛・威廉女爵士。嗯，聽起來好多了。

　　我非常仰慕大衛・威廉女爵士。據我所知，這部曠世巨作《糟糕壞小孩2》是《糟糕壞小孩1》（有人聽過嗎？）的續集。這本書絕對是有史以來最傑出的文學作品之一。

　　最後，令人惱火又妄自尊大的威廉再次把我寫進這套系列書，完全沒付我半毛錢……我沒生氣，一點都不生氣。

誠摯祝福

女王陛下手諭

目錄

吃不飽的巨嬰
亨伯特　p.15

有明星夢的
史黛西　p.61

挑食的
法蘭奇　p.87

喜歡蟲蟲的
葛莉賽達　p.165

被寵壞的
布萊德　p.187

面善心惡的
克萊莎 　p.119

不寫功課的
哈利 　　p.143

愛惡搞的
翠絲 　　p.209

好勝心強的
柯林 　　p.233

老是說不
的諾伊 　p.257

吃不飽的巨嬰
亨伯特

「噢，天哪！」助產士失聲驚呼。這大概是她接生多年來見過最大、最重的寶寶了。他 咻咚 一聲落在醫院地板上，好像一隻擱淺的鯨魚。

「我的老天啊！」寶寶的爸爸大叫。

他這麼一個瘦巴巴的男人怎麼有辦法生出眼前這個

吃不飽的巨嬰亨伯特

特大號巨嬰呢？

「他美不美？」寶寶的媽媽焦慮地問道。她躺在病床上看不到剛出生的嬰兒。

「呃，俗話說『數大便是美』……」爸爸回答。

「所以呢？」

「他是很大沒錯。」

「有多大？」

氣嘟嘟
糟糕壞小孩

「太太，我來幫他量一下體重吧！」助產士大聲
說。她使勁把巨嬰拖到磅秤上，磅秤瞬間被壓垮。

吃不飽的巨嬰亨伯特

「我的寶貝兒子有多重呢?」媽媽問道。

助產士仔細打量寶寶。「在我看來應該跟一隻小河馬差不多。」

「讓我看看他吧!」媽媽不斷懇求。

助產士必須請寶寶的爸爸幫忙才能把嬰兒抬起來,放在媽媽懷裡。

「哎喲!」可憐的媽媽差點被壓扁。她的臉脹成鮮紫色,眼睛也變得好凸,好像快爆出來了。

「我……
不能……
呼吸了!」

她用嘴型表示。

　　另外兩人立刻把體型龐大的寶寶從她身上挪走。
「親愛的，我們要幫他取什麼名字呢？」爸爸問道。

　　「亨伯特！」媽媽回答。「小亨伯特！」

　　「小亨伯特？」爸爸的語氣聽起來有點嘲諷。

　　這對新手爸媽準備了一部漂亮的嬰兒車，好把寶寶從醫院接回家。可是他們才把亨伯特放上去，嬰兒車就被壓成一片鐵餅。

嘎吱！

吃不飽的巨嬰亨伯特

　　夫妻倆只好半路劫持一臺起重機，把亨伯特運回家。他們努力把他塞進前門，家裡的寵物貓「桔醬」一看到寶寶的體型立刻拔腿狂奔，衝進貓門裡。

氣嘟嘟
糟糕壞小孩

爸爸媽媽想盡辦法把亨伯特抬到二樓，放在嬰兒床
上。結果床瞬間爆裂。

吃不飽的巨嬰亨伯特

木頭碎片在兒童房裡四處飛濺，摧毀眼前的一切。
整個房間看起來好像被炸彈炸過一樣。

「那他現在要睡哪裡？」爸爸問道。

「我們的床啊，那還用說！」媽媽回答。

於是他們的臥室變成亨伯特的兒童房。巨嬰亨伯特懶洋洋地攤開四肢，躺在雙人床上。

媽媽睡樓下的沙發，

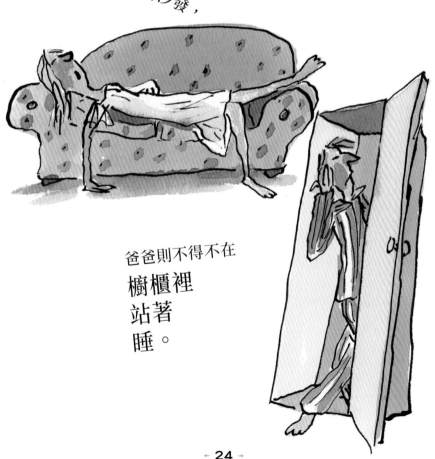

爸爸則不得不在

櫥櫃裡
站著
睡。

吃不飽的巨嬰亨伯特

不過他們夫妻倆完全無法闔眼。

只要停止餵亨伯特喝牛奶超過一分鐘，他就會放聲尖叫，聲音大到房子都快被震垮了。

牆壁因為他的叫聲猛烈搖晃，屋頂嘎吱作響，窗戶也應聲**碎裂**。

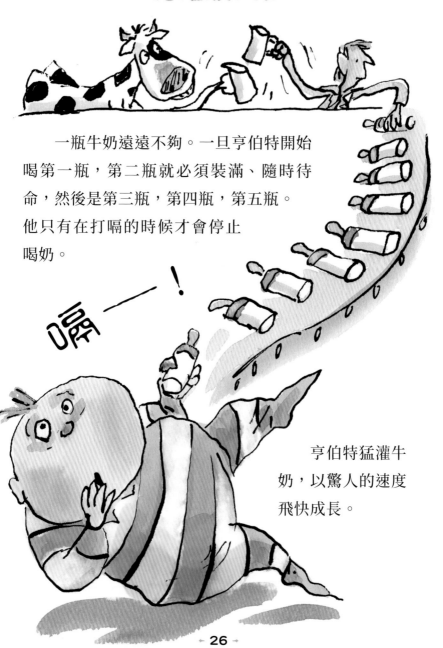

氣嘟嘟
米糟糕壞小孩

一瓶牛奶遠遠不夠。一旦亨伯特開始喝第一瓶，第二瓶就必須裝滿、隨時待命，然後是第三瓶，第四瓶，第五瓶。他只有在打嗝的時候才會停止喝奶。

嗝一一！

亨伯特猛灌牛奶，以驚人的速度飛快成長。

吃不飽的巨嬰亨伯特

如果家裡沒有牛奶，他就會嚎啕大哭，吵著要食物。

嗚哇哇哇哇！！！

要是沒有立刻拿東西給他吃，他就會滾下床⋯⋯

咚！

像隻巨型蛞蝓跳霹靂舞一樣⋯⋯

⋯⋯連滾

帶爬地下樓。

氣嘟嘟
糟糕壞小孩

有天晚上，亨伯特短短幾秒
就掃光冰箱裡的食物。

一整杯水果乳脂鬆糕、

一大塊乳酪、

和**腳掌**差不多長的義大利香腸、

一顆　　又一顆

雞蛋，

還有一大條奶油，
連包裝紙都不放過。

吃不飽的巨嬰亨伯特

　　第二天早上，亨伯特擺出無辜的表情，可是他的打
嗝聲卻洩露了祕密。

　　充滿乳酪味、雞蛋味、奶油味、肉味和乳脂鬆糕味
的響嗝如颶風般直撲到他爸媽臉上。

氣嘟嘟
糟糕壞小孩

看到廚房的慘狀，爸爸大發雷霆。「我真不敢相信！冰箱裡的東西全被他吃光了！」

「小亨伯特正在發育嘛！」媽媽連忙緩頰。

「發育？再這樣下去，他到聖誕節就會變得跟大象沒兩樣！」爸爸火大地說。「我要在冰箱上加個大鎖！」

「要是小亨伯特半夜有點餓怎麼辦？」

「有點餓?!」爸爸放聲大喊。「他快把我們吃垮了！我要把剩下的食物移走，免得又被他清空！」

爸爸不顧媽媽生氣，將食品儲藏室裡的東西全都移到架子上層。這個高度就連他也碰不到，亨伯特一定沒辦法偷拿餅乾、蛋糕和早餐穀片。至少他是這麼想的。

吃不飽的巨嬰亨伯特

過沒多久，亨伯特又開始哇哇大哭，吵著要吃東西。

嗚哇哇哇哇！

那天傍晚，媽媽給亨伯特喝的奶量比平常更多。一品脫接一品脫，沒完沒了。她割開奶瓶底部，讓牛奶咕嚕咕嚕灌進兒子嘴裡，以免中斷餵食。

「快點！」媽媽命令道。

「我已經盡量快了！」爸爸厲聲反駁，衝去拿另一盒牛奶。

他匆匆跑上樓，不小心絆了一下，手上的牛奶就這樣砸在地上，灑得到處都是。

「嗚哇哇哇哇哇！」亨伯特放聲大哭，直接把奶瓶吃下肚。

「我的天哪，這樣應該夠飽了吧！」爸爸說。

咔啦！

嗝一！

氣嘟嘟
糟糕蛋小孩

「晚安囉，小亨伯特。」媽媽在他額頭上親了一下。
亨伯特立刻往她臉上打了一個濕濕的牛奶嗝。

「嗝一！」

爸爸揚起一邊嘴角，露出嘲諷的笑容。

「來吧，親愛的，今天實在是太累了，」他說。「我們去睡一下吧。」

媽媽躺到沙發上，爸爸走進櫥櫃關上門。兩人沒多久就睡著了。

呼…… 呼……
　　呼…… 呼……

過了一會，亨伯特高聲哭號。

嗚哇哇哇哇！！！

可是爸爸媽媽都在睡覺，沒有跑上來
看他，於是他決定自己滾下床。

咚！

吃不飽的巨嬰亨伯特

　　他滑下樓梯，溜進廚房。現在食物都放在他拿不到的地方，他得想想辦法才行。

　　首先他試著用跳的。亨伯特的體型像球一樣圓滾，照理說很適合彈來彈去，只是他實在太胖，完全跳不起來。接著他拿了一個鍋子當腳墊，依舊搆不到食物，於是便抽出一本厚厚的食譜放在鍋子上，但還是拿不到。最後他抓著桔醬的尾巴，把她拖過來。

「喵啊！」

可憐的桔醬發出刺耳的尖叫。

　　亨伯特把桔醬放在食譜上，抬起肥嘟嘟的腳踩上去。

「喵啊！」

他立刻睜大眼睛。他終於看到自己苦苦尋找的東西了。

食物。美妙的食物。

巨嬰亨伯特依舊踩在桔醬身上。他的腳一出力,可憐的桔醬就發出一連串響亮的哀嚎,就好像他在演奏風笛似的。

「喵——啊!喵!」

過沒多久,亨伯特就抓了一罐又一罐、一盒又一盒、一袋又一袋的食物。

他開始大快朵頤,享受這場盛宴。

他先吃光和自己的
體重一樣重的棉花糖。

也就是很多
很多棉花糖。

「嗝——!」

吃不飽的巨嬰亨伯特

然後狼吞虎嚥地吃掉各種
早餐穀片。整盒
整盒地吃。

吃完後，他轉向
罐裝米布丁、

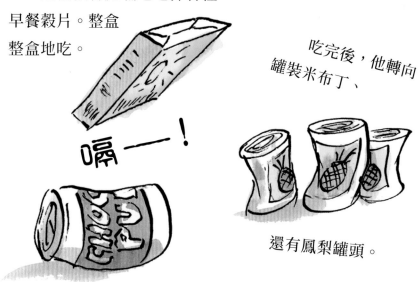

嗝——！

還有鳳梨罐頭。

罐裝巧克力海綿蛋糕，

可是身為寶寶的亨伯特不知道怎麼用
開罐器，所以乾脆連罐子一起啃下肚。

嗝——！

接著亨伯特找到一大罐芥末醬，覺得聞起來很有趣。他用手指挖了一大口，放進嘴巴裡。「噁！」

亨伯特就和大多數孩子一樣一點也不喜歡芥末。一吃下去，他就馬上吐出來……

「嘔——！！」

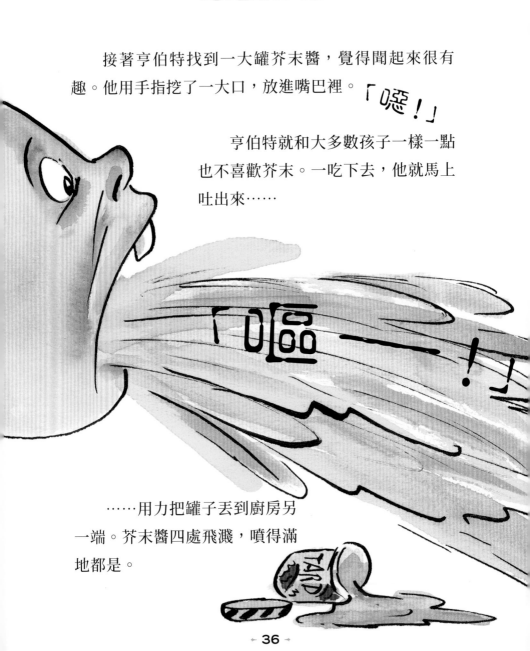

……用力把罐子丟到廚房另一端。芥末醬四處飛濺，噴得滿地都是。

吃不飽的巨嬰亨伯特

亨伯特急著想用其他食物把嘴裡的芥末味洗掉。

他咚地跳下來環顧廚房。

廚房裡完全沒有東西可以吃，一點碎屑也沒有，全被他吃掉了。食品儲藏室是空的。冰箱也是空的。

亨伯特舔舔牆壁，想舒緩芥末在舌頭上留下的灼熱感，可是沒用。

不想再被痛踩的桔醬已經跑走，在貓窩裡縮成一團。

亨伯特看著桔醬，桔醬也看著亨伯特。

他有辦法嗎？

他竟然想嗎？

他真的會嗎？

會，他會。可憐的貓咪就這樣被他一口吞下肚。

氣嘟嘟
糟糕蛋小孩

　　隔天早上，爸爸媽媽走進廚房準備做早餐。穿著睡衣的爸爸大步向前，不小心踩到芥末滑了一跤。

「哎喲！」

　　他一路滑過廚房，全身沾滿芥末醬。

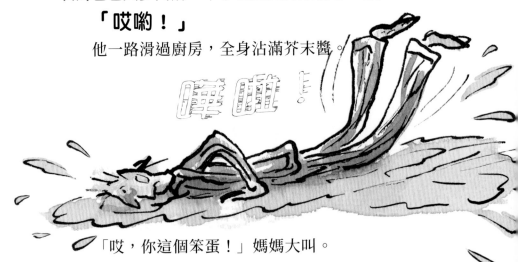

　　「哎，你這個笨蛋！」媽媽大叫。

　　「又不是我弄的！」爸爸一邊抗議，一邊試著把睡衣上的芥末弄掉，卻越擦越髒。「我明明就把芥末醬跟其他東西一起放到架子上層，不讓他碰到！妳很清楚我在說誰！」

　　爸爸抱著疑心打開食品儲藏室。

　　「又來了，家裡完全沒東西吃了！我們一定會餓死！」

　　他氣沖沖地跑上樓，直奔臥室。亨伯特一如往常攤

吃不飽的巨嬰亨伯特

開四肢，懶洋洋地躺在爸媽的雙人床上。昨晚那場大餐讓他一夜之間胖了好多，房間都快塞不下他了。

「嗝——！」

亨伯特打了一個響嗝。

聲音大到房子劇烈搖晃。

略嘎！

一顆橘色大毛球從他嘴裡跑出來。

「不會吧！他居然把貓吃了！」爸爸放聲大喊。

媽媽飛也似地上樓，衝進房間。

「不可能！」

「妳自己看！」爸爸指著毛球說。

「桔醬是隻傻乎乎的老貓，一定是她半夜自己跑進亨伯特的嘴巴裡。可憐的小亨伯特！」媽媽若有所思地說。

「桔醬又不是蒼蠅！
她是貓，一隻毛茸茸的
大貓！」

亨伯特的打嗝聲大
到能震碎一座古城，讓
一切化為塵土。

爸爸媽媽必須緊緊
抓著彼此，才不會跌倒
在地。

吃不飽的巨嬰亨伯特

「那隻頑皮的貓害我可憐的小亨伯特消化不良！爸爸，快點，快叫救護車！」

爸爸立刻衝出房間，跑到樓下打電話。

「喂？請派一輛救護車過來。是我兒子，他吃了一隻貓。沒有，貓沒有煮過，是生的……」

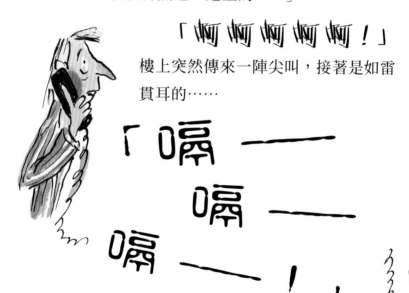

「啊 啊 啊 啊 啊！」

樓上突然傳來一陣尖叫，接著是如雷貫耳的……

「嗝——嗝——嗝——！」

「……我想他剛才可能吃了我太太！對，生吃。請快點過來！」

爸爸丟下話筒，火速趕到樓上。

氣嘟嘟
糟糕壞小孩

他猛地打開房門，只見媽媽的腳從亨伯特嘴裡探出來，露在外面。亨伯特正在嚼她的粉紅絨毛拖鞋。

爸爸就這樣眼睜睜看著亨伯特像膨脹的氣墊越變**越大、越來越胖**，就像一隻正在膨脹的充氣筏一樣。

床被他可怕的體重壓垮。

吃不飽的巨嬰亨伯特

亨伯特搖搖晃晃地站起來。他現在已經長得比爸爸還高，頭都撞到天花板了。

剝落的灰泥如雪片般在房裡到處飛揚。

咚！

爸爸在粉塵瀰漫中隱約看到兒子朝他走來，吞下所見的一切。

一整架的書。

「嗝！」

一張扶手椅。

「嗝！」

還有梳妝檯。

「嗝！」

爸爸頓時陷入恐慌。就在這一刻，他突然明白了什麼。可怕的事就要發生了……

他是下一個！

氣嘟嘟
糟糕壞小孩

喔咿～　喔咿～　喔咿！

救護車快到了。

爸爸非得逃出家門不可，而且要快！他滑下樓梯欄杆……

碰！

……來到門前，慌慌張張地想打開鎖。他快速往後瞄，發現亨伯特正用他的大屁股咚咚咚地下樓，牆上掛的照片被他震得到處亂飛。

轟！　砰！　鏘！

他就算沒被兒子吃掉，也一定會被他壓扁。

爸爸穿著沾滿芥末的睡衣衝出屋外，狠狠甩上門。

吃不飽的巨嬰亨伯特

但這阻止不了亨伯特。

噢，糟了。

亨伯特衝破前牆……

轟隆！

……磚頭紛紛越過空中，落在爸爸身旁。

咚！
咚！
咚！

少了前牆，整間屋子開始崩塌……

砰！

……化為細碎的殘骸與塵埃。

爸爸沒命似地狂奔，躲到樹叢後面。

喔咿—— 喔咿—— 喔咿！

救護車發出刺耳的鳴叫，停在倒塌的屋外。

車子才剛停，亨伯特就踩著笨重的腳步走過去，輕輕鬆鬆地把救護車拎起來。

「啊！」救護車司機嚇得大叫，連忙跳出車外，砰地落在地上。「呼！」

他抬起頭，驚恐地望著亨伯特徒手捏爛救護車。

劈啪！嗚哇哇哇！！！

亨伯特又餓了。

他大口咬下救護車。

「嗝！」「嗝！」

他不停打嗝，

直到把車子吞下去為止。

吃不飽的巨嬰亨伯特

「咳！嗝！」

爸爸躲在樹叢後面看著這一幕，覺得還是逃跑比較安全。他全速衝向大街，亨伯特則踏著沉重的腳步緊追不捨。

砰！砰！砰！

他每走一步，大地就跟著震動。

亨伯特一把抓起路過的貴賓狗，稀哩呼嚕地吃下去。

「嗝！」

遛狗的老太太不肯放開狗繩，跟著進了亨伯特的胃。

氣嘟嘟
糟糕壞小孩

「嗝！」

爸爸跑呀跑，巨嬰亨伯特也追呀追。他把路邊的樹連根拔起，嚼得稀爛。

「嗝！」

接著吞下一輛雙層巴士。

「嗝！」「嗝！」

吃不飽的巨嬰亨伯特

　　好幾部警車沿著馬路狂飆趕到現場，以車身排出隊形組成路障。亨伯特把警車一輛接一輛拋到半空中，像吃花生似地吞下肚。

「嗝！」

　　亨伯特越吃越多，體型也越來越胖，最後大到跟暴龍一樣。

　　爸爸奮力越過大橋，往城市奔去，希望兒子在密密麻麻的水泥叢林中抓不到他。

　　然而對亨伯特來說，城市代表有更多東西可以吃。

路燈。

雕像。

汽車。

卡車。

就連消防車也被他一口吞掉，吃得乾乾淨淨。

「嗝——嗝——嗝」

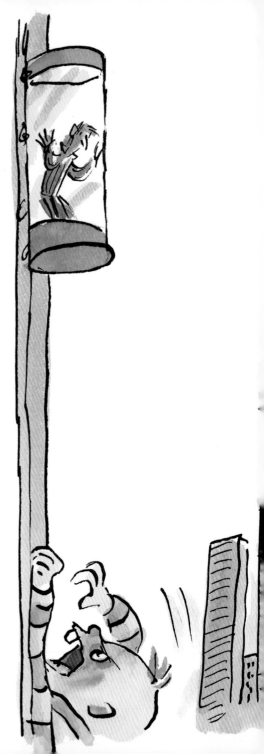

就在這個時候，爸爸發現一棟高聳的摩天樓，大概有一千層樓這麼高。他很確定只要跑到上面，餓壞的亨伯特就抓不到他了。大樓外側有透明的玻璃電梯。爸爸瘋狂按按鈕，急著想到第一千層樓。電梯開始快速移動。

在安全的電梯裡，爸爸鬆了一口氣。

叮！

電梯來到頂樓，震了一下。電梯門滑開那瞬間，爸爸立刻衝出去，飛也似地跑上樓頂。他往下

俯瞰，只見亨伯特攀著大樓爬上來。

「不──！」

爸爸放聲尖叫，火速轉身。

咻！

一架警用直升機在上方嗡嗡盤旋。駕駛員用擴音器大喊：

「那位巨嬰！請立刻爬到地面，別再吃東西了！」

亨伯特伸出肥肥的手想抓直升機。他像在打蒼蠅一樣東揮西拍，直升機開始墜落，迫降到地面上。亨伯特一把攫起直升機送進嘴裡。

「嗯！」

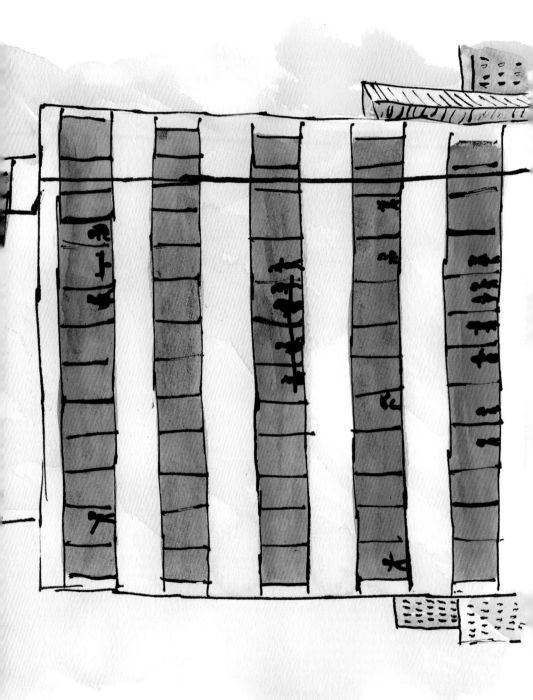

隨後又開始往上爬。爸爸被困住了，無路可逃。亨伯特的巨掌啪地攀住大樓頂層，把爸爸抓起來。

「別吃我！」他苦苦哀求。「我是你爸爸！」

亨伯特只是咧嘴獰笑，露出牙齦。

「啊啊啊！」爸爸拚命尖叫，消失在亨伯特嘴裡。

沒想到亨伯特立刻把他吐出來。

「噁！」

吃不飽的巨嬰亨伯特

「是芥末！」爸爸失聲驚呼，從頂樓地板上跌跌撞撞地站起來。稍早踩到辛辣的芥末醬滑倒救了他一命。

這時，三架戰鬥機咻地掠過空中。

「不要開槍！」爸爸大喊。「大家只要把芥末醬塗在身上就好，這樣就沒事了！」

亨伯特揮動大手，抓住一架戰鬥機，送進口中大嚼。

「嗝！」

他打了一個嗝。

「嗝！」

接著又打一個。

　　三號戰鬥機駕駛開始全
速飛行。亨伯特伸手想抓，
結果不小心失去平衡。

「不——！」

看見亨伯特摔到一樓，爸爸
忍不住放聲大叫。

「嗚哇哇哇！！！」

氣嘟嘟
糟糕壞小孩

巨嬰亨伯特就這樣從地表上消失了。

這個故事的寓意是什麼？

很簡單。不管你有多餓，絕對不要試著一口氣吃掉三架戰鬥機。吃兩架就綽綽有餘了。

碰！

有明星夢的
史黛西

　　打從她來到這個世界那天，史黛西·克洛格就認為自己註定要當明星。十歲那年，她就相信自己是有史以來最閃亮、**最了不起的**超級巨星。

　　她都在心裡計畫好了。她會成為娛樂圈數一數二的大人物，賣出好幾百萬張專輯，拿下一大堆獎項，然後

有明星夢的史黛西

在一部長達五小時的自傳電影裡演她自己。電影名稱很
簡單，就叫

史黛西．克洛格：
傳奇背後的神話

私生活方面，她的家鄉會樹立一座巨大的黃金雕像來頌
揚她的成就，克洛格博物館裡展出的也不是英文發音與
克洛格相同的木屐，
而是她的私人收藏，
包含禮服、獎盃，當
然還有她穿禮服拿
著獎盃的照片。這
樣她過世後，響亮
的名氣依舊會延續
下去，百年不朽，
世人也會一直紀
念、讚美她，直
到永遠，還有永
遠的永遠。

不過只有一個問題。

史黛西毫無才華可言。

她的歌聲有如**魔音穿腦**，讓人聽了耳朵好痛。那根本不叫唱歌，比較像是哀號。即便爸媽花光所有錢讓渴望成名的她參加歌唱訓練，她的技巧還是沒長進，反而變得更糟。只要史黛西開口唱歌，就會發生可怕的事。

有一次上音樂課時，音樂老師當著全班的面搗著耳朵跳出窗外，從五樓直墜到一樓。躺在地面的他露出鬆一口氣的表情。

史黛西在廚房裡唱民謠的時候，她媽媽會放聲尖叫，拜託她停下來。如果她不顧媽媽哀求繼續唱、越唱

有明星夢的史黛西

越大聲，媽媽就會躲到冷凍櫃裡，得花上好幾個禮拜才能讓她解凍。

如果她在房間裡練才藝，她養的金魚「碧昂絲」就會跳出魚缸，倉鼠「瑪麗亞」則會跳進魚缸。

有天晚上，史黛西邊泡澡邊唱歌，

結果浴室磁磚全都裂開，從牆壁上剝落。

學校集會上表演聖誕頌歌時，校長不得不啟動火災警報器，疏散全體師生。

氣嘟嘟
糟糕壞小孩

要是她在樹林裡一邊散步，一邊哼唱，樹就會在她身後一棵接一棵倒下。

還有一次，史黛西晚上到地方社區中心唱歌給一群老太太聽（幸好她們都聾了），她一唱到那首情歌激昂處、飆高音的時候，老太太們的杯子應聲**迸裂**，茶噴得滿身都是。

有明星夢的史黛西

有天下午，史黛西跟著音樂家教一起練習音階，家教老師立刻躲到大鋼琴裡，緊緊關上琴蓋。

有一次，史黛西不得不到後花園練唱，花園小屋不知怎的突然起火燃燒，化成灰燼。

每當她獨自站在山頂高聲歌唱，成群飛鳥就會從空中掉下來，死在她腳邊。

儘管如此，史黛西依舊覺得自己是世界上最棒的歌手。只有她的看法才對，其他人都錯了，她的金魚更是錯得離譜。因此，史黛西決定報名電視選秀，踏出成為大明星的第一步。

她的爸媽苦苦哀求，拜託她不要參加《自戀達人秀》試鏡。他們很清楚，最後只會以悲劇收場。評審和觀眾很可能會放聲尖叫、要她閉嘴，或者更糟糕的是——嘲笑她五音不全。

「你們瘋了嗎？」 史黛西憤憤抗議。

「**史黛西·克洛格**是天生贏家！」

「妳就是史黛西·克洛格呀。」媽媽說。

「我知道！」史黛西說。「我，史黛西·克洛格，一定會獲得『史上最佳歌手』的稱號！全程現場直播！」

爸爸試著用比較溫和的方法勸她。「可是，我的寶貝女兒，要是妳當天表現失常……」

「史黛西·克洛格
不可能
表現失常！」

史黛西氣呼呼地大吼。

「但妳就是史黛西·克洛格啊。」媽媽重複說。

「我知道，妳這個笨蛋。試鏡一定會很成功。大家會永遠記得這是史黛西·克洛格成為超級巨星的第一步。不對……是無敵巨星！不……是超級無敵巨星！總之是很大、**很大**、**很大**的大明星！史黛西·克洛格每次開口唱歌，大家的反應都很不可思議，不是嗎？」

有明星夢的史黛西

「我再說最後一次，妳就是——」

媽媽還來不及說完，就被爸爸打斷了。「對，我的寶貝女兒，大家聽到妳的歌聲都難以置信。」

「沒錯！」史黛西說。「史黛西·克洛格知道，只要史黛西·克洛格在電視上唱歌，史黛西·克洛格就會變成全世界最有名的人……」

「噢，糟了。」爸爸喃喃地說。

「……名氣空前絕後。」

「我以為妳講完了。」

「……永垂不朽。」

「說完了嗎？」

「直到永遠的永遠。」史黛西想了一下。「嗯，史黛西·克洛格說完了。」

她心意已決。爸媽只好陪她填了很多表格，打了很多電話，還賣掉家裡的車，買了一件很貴的設計師品牌禮服給她。

氣嘟嘟
糟糕壞小孩

　　試鏡之夜終於到了。史黛西過去幾週一直練習、從不間斷，媽媽最後不得不跑去北極圈住，所以爸爸只好自己帶史黛西搭公車去歌劇院。史黛西的禮服又大又蓬，占滿整排後座。

有明星夢的史黛西

　　她拖著裙擺走上舞臺，爸爸則在舞臺側面焦慮等待。

　　「妳叫什麼名字？」評審泰森問道。泰森是一個很自我中心又愛慕虛榮的人。雖然高齡九十多歲，還是喜歡用仿曬噴霧把身體噴成奇怪的橘色，戴著一頂假髮，看起來好像有隻獾蹲在他頭上，一口白牙在黑暗中閃閃發光。他就是那種會在漆黑的室內戴太陽眼鏡的人。臺下除了他以外還有另外三位評審，不過泰森付錢叫她們閉上嘴巴，美美地坐在那裡就好。《自戀達人秀》是他一個人的主場。

　　「**史黛西‧克洛格**。」史黛西回答。「今晚過後，大家會永遠記得這個名字。」

　　觀眾們交頭接耳，竊竊私語。這個自以為是的女孩到底是誰？

　　「不好意思，妳說妳叫什麼名字？」泰森的記憶力不太好。

　　「**史黛西‧克洛格。**」

　　「好，史黛西‧克洛格，妳今天要唱什麼歌？」

「一首關於一生摯愛的抒情歌。」

「妳在唱這首歌時會想到誰呢？」泰森問道。

「我自己。」史黛西回答。

觀眾們哈哈大笑，就連每次經過鏡子都要停下來欣賞自己一番的泰森也忍不住揚起嘴角。

「那個，不好意思，妳說妳叫什麼名字？」

「史黛西·克洛格！」史黛西有點惱火，覺得眼前這個矮小的男人很煩。

有明星夢的史黛西

「好，史黛西・克洛格，妳很會唱歌嗎？」

「我要很謙虛地說，史黛西・克洛格是有史以來最棒的歌手。」

觀眾們又咯咯笑了起來。這個節目之前也有些很自大的人來試鏡，但這個女孩簡直超乎常人、自信破表。

「喔，那個，不好意思，妳說妳叫什麼名字？」

「史黛西・克洛格！」

「史黛西・克洛格。好，妳可以開始了⋯⋯」

　　舞臺燈光漸暗，明亮的聚光燈打在史黛西和她蓬蓬的禮服上，讓她看起來像一坨巨大的蛋白霜。

　　史黛西的爸爸從剛才就一直在後臺聽女兒應答，越聽臉越紅，覺得好難堪。現在輪到他出馬了。史黛西給

有明星夢的史黛西

了他一個簡單的任務：她一對他點頭，他就按下 CD 播放鍵播放伴奏音樂。不過為了保護女兒、免得她在電視上遭受羞辱，他安排了一個祕密計畫。他把純伴奏的 CD 調換成由知名歌手演唱的 CD，他打算在史黛西準備開唱那瞬間拔掉麥克風插頭，這樣歌劇院現場和坐在電視機前的觀眾不僅聽不到她唱歌，還會讓史黛西看似擁有天籟般的嗓音，而不是像指甲刮黑板那樣刺耳的魔音。

　　史黛西深呼吸，對爸爸點點頭。他按下播放鍵，裡面放的是由真正的超級巨星所演唱的 CD。

　　接著他趁後臺沒人注意時將電源線纏在腳上，用力一拉，拔掉麥克風插頭。

音樂越來越大聲。史黛西張開嘴巴高歌，神奇的歌聲就這樣傳進臺下評審、現場觀眾和數百萬個在家看電視的人耳裡。評審們熱烈鼓掌，現場觀眾聽得如痴如醉，起身歡呼。史黛西擁有一副巨星般美妙歌喉——至少他們是這麼想的。

爸爸把音量調大，好掩蓋史黛西殺豬似的歌聲。

史黛西完全沒發現爸爸矇騙大家。評審和觀眾的反應就跟她一開始設想的一模一樣。人人都很欣賞她的才華。她腦海中慢慢浮現出未來的場景：她有一架名叫**「克洛格一號」**的私人飛機；司機開著勞斯萊斯

有明星夢的史黛西

接她到體育場；演出開始前，後臺有上百隻白色小貓陪她玩；她都還沒唱半個音，數千名歌迷就站起來歡呼；她戴著世界上最大的鑽石耳環；每唱一首歌都要換十套禮服；演唱會結束之際，大家紛紛往臺上拋鮮花，多到都淹沒膝蓋了。

史黛西的爸爸在後臺露出滿意的微笑。計畫大成功。

可是接下來的災難讓他的笑容瞬間消失。當歌聲漸強，來到最高音時，史黛西跺了一下腳，CD 就這樣卡住了。

音樂開始跳針，一直跳、一直跳，不斷唱同一個字。

觀眾們這才發覺自己被騙了。他們非常非常生氣，這個女孩居然作弊！臺下立刻傳來響亮的噓聲。

　　爸爸慌慌張張地按下停止鍵，衝到臺上把史黛西帶走，以免她遭到憤怒的群眾圍攻。

　　「你哪位啊？」評審泰森質問道。

　　「我是她爸爸，先生！」他一邊回答，一邊把史黛西抱起來。「這都是我的錯，請原諒我。我希望史黛西能有好表現，所以調包了 CD。請不要怪她！拜託！」

有明星夢的史黛西

「爸爸，你毀了我的表演！」

史黛西大聲尖叫，往爸爸鼻子上揍了一拳。

「哎喲！」爸爸痛得大喊。

臺下觀眾又發出陣陣噓聲。

「噓——！」

「閉上你們的嘴啦！」史黛西對

觀眾大吼。他們噓得更

大聲了。

「噓——！」

「史黛西，請聽我解釋，」爸爸央求。「我只是不想讓妳被別人嘲笑。」

「嘲笑！」史黛西不敢相信自己的耳朵。「史黛西·克洛格是有史以來最棒的歌手！」

「噓──！」

　　泰森意識到這個場面充滿話題和娛樂性，一定能炒熱收視率，於是便開口發言。

　　「現場觀眾，拜託閉嘴！」

　　觀眾們乖乖閉上嘴巴。

　　「好了，呃，不好意思，妳說妳叫什麼名字？」

「史黛西・克洛格！」

　　「史黛西・克洛格，不如妳清唱給我們聽吧，好嗎？」

「不行！」 爸爸用懇求的語氣說。

　　「**沒問題！**」 史黛西一口答應。「世人會永遠記住這一刻。記住一個巨星的誕生。」

　　「太好了！」泰森喃喃低語，開心地摩拳擦掌。

　　史黛西深呼吸。她爸爸瑟縮了一下，用手指塞住耳朵。

剎那間，一個令人難以忍受到寧願永遠被人惡作劇拉內褲也不想多聽一秒的**魔音**傳遍整座歌劇院。

「啊！」

觀眾們放聲尖叫。

史黛西的歌聲可怕到連泰森的假髮都噴飛了。

史黛西一如往常地繼續唱，開始飆高音。

啪!

她的高音實在太刺耳,歌劇院天花板瞬間冒出一道裂縫。

一盞大吊燈
掉到地上。

「......!」

「......!」

砰!

牆壁也開始

搖晃……

「......!」 **轟隆隆!**

「啦啦啦啦啦……!」

觀眾大聲尖叫,匆匆逃命……

泰森急著找假髮，結果被一大堆破瓦殘礫重重地壓住。

「不——！」

塵土四處飛揚，好像發生了一場大爆炸。

轟隆隆！

一切都透過電視現場直播，直到攝影機被砸爛，螢幕變成一片黑暗。

「啊啊啊！」

整座歌劇院澈底崩塌。

砰！

有明星夢的史黛西

這天晚上可說是娛樂史上最重要的一夜，令人永生難忘。

史黛西的夢想實現了。她的確成為非常有名的人，只是稱號從「世界上最棒的歌手」變成「世界上最爛的歌手」。唯一值得注意的好事是她讓泰森住進醫院，整整一週都不能上電視。

雖然歌劇院全毀，成為殘破的瓦礫堆，史黛西的爸爸還是不願放棄，堅持尋找女兒。

他沒日沒夜地用手挖掘，挖了一天又一天，最後終於找到她了。

「史黛西！」

爸爸大喊，淚水在眼眶裡打轉。

氣嘟嘟
糟糕壞小孩

史黛西的禮服被扯得破破爛爛，嘴巴也因為灰塵變得乾裂，全身上下沾滿塵土。爸爸含淚將史黛西拖出瓦礫堆，她說的第一句話是⋯⋯

「我晉級了嗎？」

挑食的
法蘭奇

　　法蘭奇非常挑食，從來不吃蔬菜水果之類的東西。

　　如果盤子裡有蔬果，他都會立刻挑
掉。球芽甘藍會彈過廚房；花椰菜會往後飛過他的肩膀；
番茄會濺在天花板上；不管誰送茄子上桌，都會被他
砸得滿臉都是。大黃堪稱法蘭奇的**惡夢**。他就跟許多挑

挑食的法蘭奇

食的小孩一樣，從來沒吃過自己最討厭的食物。他覺得大黃的外觀和味道都很「噁爛」。每次看到大黃，他都會很開心地把它沖進馬桶裡。

「再見，討厭的大黃！能擺脫你真好！哈哈！」法蘭奇一邊說，一邊看著大黃捲進漩渦往下流。

氣嘟嘟
糟糕壞小孩

　　每天早上在廚房裡吃早餐時，法蘭奇的媽媽都會拜託他不要挑食。「**法蘭奇，你一定要吃到每日五蔬果！**」他們母子倆住在城鎮另一邊的小屋裡，小屋附近有座巨大的**核電廠**，從早到晚發出低沉的嗡嗡聲，在黑暗中閃閃發光。法蘭奇家每天都籠罩在核電廠的陰影下。

　　「媽，我有吃啊！」法蘭奇反駁。「只是我的五蔬果是洋芋片、餅乾、巧克力、蛋糕和餅乾。」

　　「餅乾重複了吧！」

挑食的法蘭奇

「**廢話**，因為我一天吃兩包啊！」
法蘭奇的每日菜單如下：

早餐：
一碗洋芋片，上面加一球冰淇淋

...

點心：
灑了糖粉的糖果

...

午餐／主餐：
一包巧克力餅乾沾巧克力醬

...

飯後甜點：
酥炸蛋糕

下午茶：
一包特濃巧克力餅乾，
再淋上一杯糖漿
．．．

晚餐／主餐：
一顆巧克力蛋，
下面鋪一層洋芋片
．．．

飯後甜點：
一塊乳脂軟糖
配熱巧克力醬
．．．

睡前點心：
一包太妃糖

挑食的法蘭奇

　　法蘭奇的媽媽擔心得不得了。由於吃太多垃圾食物，法蘭奇越來越胖，皮膚一天比一天蒼白，還長了很多痘痘，於是媽媽決定在家裡進行一場飲食大革命。不管法蘭奇喜不喜歡，他每餐都要吃新鮮蔬果才行。

　　「我快餓死了。媽媽，早餐吃什麼？如果不是巧克力，我就給別人收養好了。」

　　「比巧克力更棒！你等等就知道了。」

　　媽媽拿出藏在餐具擦拭巾底下的盤子。

　　「噠啦！」她興奮地大叫。

　　「媽媽，那是什麼？」法蘭奇問道。

　　「是葡萄柚。」

　　「什麼柚？」

　　「葡萄柚，很好吃喔。你試試看。」

法蘭奇用不屑的眼光看著葡萄柚，接著俯身湊近聞一聞。

「噁！好刺鼻喔！」

「聞起來很新鮮呀。」

「聞起來很噁心。我才不吃咧，妳這個狠心的老太婆！給我巧克力。快點。」

法蘭奇的怒罵讓媽媽覺得很受傷，但她還是堅強面對一切。「不行。」她回答。

法蘭奇不敢相信自己的耳朵。「『不行』是什麼意思？我要吃巧克力！」

「不行，法蘭奇。葡萄柚真的很好吃，我保證。這種水果很甜，就像……糖果一樣。乖，趕快吃吧。」

挑食的法蘭奇

　　媽媽拿著湯匙想餵法蘭奇吃葡萄柚，彷彿他還是個小嬰兒。法蘭奇不斷抗拒，但媽媽非常堅持，最後終於成功把一小片葡萄柚送進他嘴裡。法蘭奇立刻把果肉吐出來。

呸！

葡萄柚正好打在媽媽鼻子上。

　　「噁！」法蘭奇大叫。「味道好像嘔吐物喔！」

　　可憐的媽媽拿掉鼻子上的果肉，心想，看樣子得採取另外一種方法。

賄賂。

　　「法蘭奇，聽好，」她說。「如果你把葡萄柚吃光，就能吃一小塊巨無霸巧克力棒！」

　　為了避免法蘭奇發飆，媽媽隨時備有一條巨無霸巧克力棒以防萬一。

　　法蘭奇真的好想吃巧克力。他已經好幾個小時沒吃了。可是要他吃那個噁心到極點的什麼柚——總之不管那是什麼水果，門都沒有。法蘭奇心裡突然閃過一個邪

惡的點子。

「好吧，媽，妳說得沒錯。我應該要吃五份蔬果才對。我會吃！」

「乖孩子！」媽媽說。「哦，法蘭奇，我真的好高興！來，快——」

「等等！」法蘭奇屬聲說。「妳先把巧克力拿出來。」

「好好好，沒問題。」

媽媽一轉身，法蘭奇立刻把葡萄柚扔出窗外。

挑食的法蘭奇

葡萄柚直直飛向核電廠。

　　它一定是打中了什麼，因為核電廠的燈 **閃爍** 了好一陣子。

　　媽媽轉過來，手裡還拿著一塊巧克力。

　　「你吃完啦！」

　　「對啊！」法蘭奇說謊。

　　媽媽檢查他的碗。「連皮也吃了？」

　　「有嗎？」

　　「有啊！葡萄柚的皮很硬耶。」

　　「哦，嗯，我覺得那是最好吃的部分。

現在快給我 巧克力！ 快點！

我說，快給我巧克力！**快！**」

媽媽正準備把巧克力遞給法蘭奇，他立刻像狗一樣張大嘴巴咬下去。

「哎喲！」媽媽大叫。「你咬到我的手指了！」

「那是因為妳的手擋住巧克力了！好了，接下來呢？」

看到法蘭奇連皮帶肉把葡萄柚吃光，媽媽覺得今天可說事事順利，於是決定乘勝追擊，試試其他水果。

香蕉。

過程和剛才差不多。法蘭奇耍了一點手段，讓媽媽以為他會吃香蕉，藉此交換巧克力。他用力把香蕉丟出窗外，可是因為香蕉是彎的，所以像 *回力鏢* 一樣飛回來砸在

他頭上。他又丟了一次（這次是低手丟），香蕉飛向核電廠，原本的嗡嗡聲變成響亮的嘎嘎聲。

挑食的法蘭奇

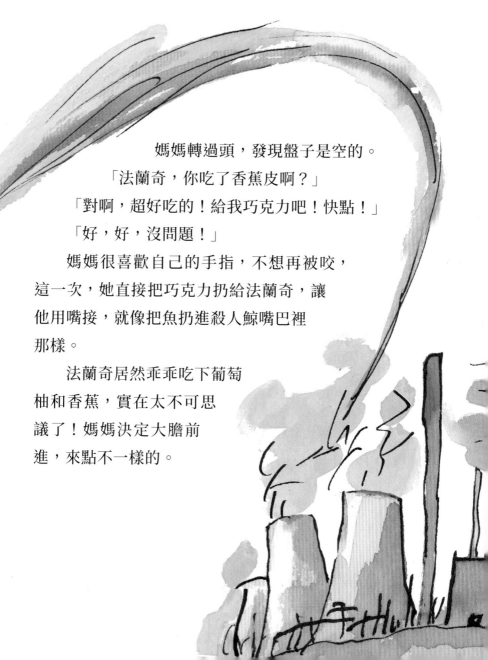

媽媽轉過頭，發現盤子是空的。

「法蘭奇，你吃了香蕉皮啊？」

「對啊，超好吃的！給我巧克力吧！快點！」

「好，好，沒問題！」

媽媽很喜歡自己的手指，不想再被咬，這一次，她直接把巧克力扔給法蘭奇，讓他用嘴接，就像把魚扔進殺人鯨嘴巴裡那樣。

法蘭奇居然乖乖吃下葡萄柚和香蕉，實在太不可思議了！媽媽決定大膽前進，來點不一樣的。

就用異國水果為這天的早餐畫下
完美的句點吧。

鳳梨。

法蘭奇再度說服媽媽，讓她相信他會
把鳳梨吃光。他高舉鳳梨，
使勁丟出窗外；鳳梨又砸中
核電廠，廠內立刻響起陣陣
警報聲。

「今天的早餐很棒吧，
法蘭奇！」媽媽開心地說。「改
變很成功呢！」

午餐時間到了。媽媽覺得應
該讓法蘭奇吃點蔬菜。首先是花
椰菜，媽媽才一轉身，法蘭奇就把
花椰菜像丟鉛球那樣扔出窗外，得到
另一塊巧克力。

接著是一大盤豌豆。法蘭奇把豌豆
一顆

一顆

地彈出去——

砰！砰！砰！

豌豆直直飛向核電廠。太好玩了！

而且還有 **巧克力** 當獎賞！

飯後甜點是一顆西洋梨。那個奇形怪狀、容易碰傷又像蘋果的東西當然也被扔出窗外，消失在核電廠裡。

媽媽開始擔心了。法蘭奇吃光了所有蔬果，巧克力快不夠了。巨無霸巧克力條已經快要吃完了。

晚餐吃甘藍菜。這是一種愛吃蔬菜的人都不喜歡吃的菜，就連其他蔬菜也故意躲著甘藍菜，不跟它做朋友。就是甘藍菜害其他蔬菜被汙名化了。

氣嘟嘟
糟糕壞小孩

媽媽一轉身剝巧克力，法蘭奇就一口氣抓起整顆甘藍菜。

甘藍菜飛出窗口，掉在核電廠裡。核電廠開始冒出

紅色的熱氣。

媽媽覺得有點奇怪，懷疑事情不單純。「我還沒煮甘藍菜耶！」她大叫。

「我喜歡吃生的，比較營……營……營……」法蘭奇想說「營養」這個詞，卻怎麼也想不起來，只好改用比較簡單的字。「比較綠，對吧？」

媽媽不太懂法蘭奇的意思，但還是點頭附和。「對，好孩子。」

〈巧克力！」

「好，好，沒問題！馬上來！」

至於飯後甜點，媽媽打算讓法蘭奇吃他最討厭的食物……大黃。

「法蘭奇，我們來看看你有多乖！只要把大黃吃掉，你就能吃兩塊巧克力。不對，整條都給你！」

媽媽轉身拿巧克力棒，注意到窗戶大大敞開。

挑食的法蘭奇

「核電廠今天冒出好多熱氣。」她自言自語，關上窗戶。一根大黃以閃電般的速度擦過她的頭……

……彈到玻璃窗上……

……砸向她的臉。

「法蘭奇！你到底在做什麼？」媽媽發現自己被騙，大發雷霆。

「我想那塊大黃還活著！我一咬下去，它就逃走了！」

「是嗎？！」

「對啊！它跑過桌子，用力跳到窗戶上！」

媽媽瞪著他，看起來氣炸了。法蘭奇知道遊戲結束了。自從他把家裡養的狗拿去換一包乳脂軟糖後就沒看過媽媽出現這種表情。

「我今天給你的蔬菜水果你一口都沒吃，對不對？」

法蘭奇沉默了幾分鐘，接著說：「媽，我有吃。」

「真的？」

「嗯，吃了一點點。」

「你吃了什麼？」

「一顆豌豆。」

「你吃了一顆豌豆？」

挑食的法蘭奇

「沒有啦，大概半顆。又臭又濕的好噁心！令人作嘔！我再也不吃了。好了，媽，把剩下的巧克力給我。快點！」

「年輕人，你沒巧克力吃了！」媽媽大吼。「年輕人」三個字一出現，就表示他麻煩大了。「現在立刻上床睡覺！」

「可是……媽！」

「快點！」

法蘭奇聳聳肩，溜到樓上的臥室。雖然他喃喃說些「不在乎」之類的話，但他其實在乎得要命。沒有人想晚上六點就上床睡覺。就連小嬰兒都不用這麼早睡。

他倒在床上哼了一聲，望向窗外。天還沒黑，核電廠似乎出了什麼怪事，到處閃爍著紅色的亮光，工作人員也跑來跑去，看起來很驚慌。

挑食的法蘭奇

「快點睡覺！」 媽媽在房門口大吼。法蘭奇乖乖鑽進被窩，媽媽則把窗簾拉上。「明天我們再試一次。」

「什麼？」

「猜猜早餐吃什麼？」

「不知道。我敢說一定是讓人想吐又很蔬菜很水果的東西。」

「完全沒錯，年輕人。是**大黃**！」

「我不要！」法蘭奇大叫。

「由不得你！明天吃大黃當早餐！」

媽媽說完便快步走出房間，用戲劇化的姿態甩上門。

媽媽一個人坐在逐漸變暗的屋裡。她已經很久沒這麼生氣了。

那天晚上，法蘭奇睡不著。一想到明天早餐要吃大黃，他的胃就開始翻攪。他在床上翻來覆去好幾個小時，最後終於迷迷糊糊地睡著了。

「*呼呼呼呼……呼呼呼呼……*」

過沒多久，他被敲窗戶的聲音吵醒。

叩！叩！

法蘭奇驚恐地睜大眼睛。

他是在做夢，夢到自己醒著嗎？

叩！叩！

聲音再度傳來。

叩！叩！

又來。

法蘭奇嚇得全身發抖。到底是誰、還是什麼東西在外面？他的房間在最頂樓、非常高，不可能有人爬上來啊。

叩！叩！

要找出答案只有一個辦法。他必須走到窗戶旁一探究竟。法蘭奇悄悄溜下床，拉開窗簾，透過細縫往外看。

「啊！」　他失聲驚叫。

外頭有一隻怪獸，看起來像一顆甘藍菜，但體型比甘藍菜大上千倍，全身散發出耀眼的綠光。

挑食的法蘭奇

　　它用葉掌敲敲窗戶。

叩！叩！

　　怪獸沒有要離開的意思。法蘭奇慢慢拉開窗簾。這到底是什麼生物啊？

　　來自外太空的巨型外星蔬菜？

「**法蘭奇？**」怪獸用響亮的聲音說。它居然知道他的名字。

「幹……幹嘛？」法蘭奇結結巴巴地回答。

「**法蘭奇，世界上最挑食的孩子？**」

「應該吧。你是誰？」

「我是被你殘忍地丟出窗外的甘藍菜！沒錯，我們這些蔬菜水果也有感覺。」

「你怎麼變得那麼大，還會說話？」

「你把我丟得很高，所以我掉進核電廠的煙囪，墜入核子反應爐。」

「什麼？」法蘭奇不敢相信自己聽到的話。

他看到核電廠在巨型甘藍菜後方冒出陣陣濃煙，顯然快要熔化了。

「**復仇的時候到了。你不吃我，我就要吃你！**」

甘藍菜怪獸用力揮舞葉掌、打破窗戶，抓住法蘭奇的手。

「哎喲！」法蘭奇痛得大叫。

挑食的法蘭奇

　　他奮力掙脫甘藍菜的掌握，衝出房間，飛也似地下樓跑到大街上，盡可能全速狂奔。可是才跑沒多久，他就上氣不接下氣，胸口劇烈疼痛。老是吃蛋糕、洋芋片、餅乾和巧克力讓他變得很不健康，沒什麼體力。

　　法蘭奇拖著軟綿綿的雙腿往前走，不敢回頭，只聽見背後傳來如雷般的聲響。走了幾步後他再也忍不住，決定回頭看。

　　一顆發光的巨型甘藍菜就在他眼前。

「抓住他！」

　　甘藍菜一邊大喊，一邊往前衝。

　　甘藍菜後面跟著一個同樣散發出光芒、身形龐大又白白綠綠的東西。它正沿著馬路蹦蹦跳跳地跑過來。

「可惡的小鬼!」他大吼。「我們要慢慢消化、好好折磨他!」

巨型花椰菜旁邊還有上百顆彈跳的豌豆。它們的大小就跟海灘球差不多。

法蘭奇這才意識到那些豌豆一定是他彈出窗外的豌豆。

豌豆們似乎在吶喊。「我真不敢相信他居然這樣對我們!」一顆豌豆強忍著眼淚說。

「每個人都喜歡豌豆!」

「我不喜歡!豌豆好噁心喔!」法蘭奇喊道。

「我們來好好教訓他!」另一顆豌豆大吼。

挑食的法蘭奇

「**收到！**」豌豆們異口同聲地說。

　　水果們也不甘示弱。巨型葡萄柚、無敵大香蕉、碩大的西洋梨和巨無霸鳳梨全都緊追在後。

　　「快跟上！」葡萄柚說。

　　「親愛的，我已經盡量快了，」西洋梨用氣音惱怒地說。「**你明知道我很容易瘀青！**」

「**我也是！**」香蕉插嘴說。

鳳梨從他們中間擠過去，衝向法蘭奇。

「你們這些
普通的水果讓開！
異國水果來啦！」

它用優雅的嗓音大喝。

法蘭奇嚇得僵在原地動彈不得。蔬果團團包圍著他，準備撲過來。

「拜託！拜託！求求你們不要吃我！我保證，我一定會養成一天五蔬果的習慣！」

就在這個時候，一個聲音從遠方傳來。是巨無霸大黃。

「那個男孩是我的！」

大黃站在屋頂上大吼，銀色的月光從後方灑下來，照亮了它。

「不會吧？」甘藍菜驚訝地說。

挑食的法蘭奇

法蘭奇看著那株高大的粉紅色蔬菜。

「我根本沒有把你丟出窗外啊！」他高聲抗議。

「你明明就從窗戶彈回來，打到我媽媽的臉！」

「我知道，」大黃回答。「你的行為不只傷害我，更傷害了全世界的大黃。我要為它們報仇。所以我偷偷爬過廚房，穿越貓門，跳過圍牆，溜進核電廠，想辦法進入核子反應爐。好啦！

吸收核能量的大黃就此誕生！

你最可怕的惡夢！」

氣嘟嘟
糟糕壞小孩

大黃怪獸從屋頂上跳下來，
張著血盆大口飛過空中，
露出恐怖的大黃尖牙。

「啊！」

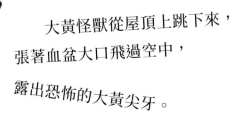

法蘭奇的
頭被大黃咬住，
放聲尖叫。

其他蔬果也跟
著撲上去。

「我要他的手臂！」

甘藍菜叫道。

「我要他的腿！」
花椰菜吶喊。

「剩下的留給我們！」
水果大軍說。

117

蔬果們瘋狂搶食，法蘭奇很快就被吃得一乾二淨。

豌豆們蹦蹦跳跳地彈過來，狼吞虎嚥地啃光殘餘的肉。

挑食的法蘭奇就這樣結束了他的一生。

所以，孩子們，一定要記住這個教訓……

把蔬菜吃掉，不然有一天它們可能會**吃掉你**喔。

面善心惡的
克萊莎

漂亮

粉紅色

惡意滿滿

面善心惡的
克萊莎

從前從前，有一個女孩叫克萊莎。她表面上看起來是你見過**最善良**、**最溫柔**、**最甜美**的小女孩，總是穿著老派的粉紅色洋裝，頭髮上繫著相配的粉紅色緞帶。

克萊莎的房間布滿了深淺不一的粉紅色，

面善心惡的克萊莎

包含粉紅泰迪熊、

粉紅小馬和粉紅梳妝檯，

蠟筆也只有各式各樣
的粉紅色。

除此之外，她還收藏
了一系列穿著粉紅睡袍的
古董陶瓷娃娃，每天晚上
都會抱著娃娃一起睡。

她最愛的玩具是一套迷你茶具
組，當然啦，也是粉紅色的。

克萊莎會用小茶杯喝茶，吃一堆有粉紅糖霜的小杯子蛋糕，把臉頰塞得鼓鼓的，逗得爺爺奶奶笑呵呵。大家都覺得這個小女孩真是 **太可愛** 了。

不過，這些可愛的行為背後隱藏著克萊莎的真面目。她的個性其實有點殘酷。

她很愛欺負貓咪。

在她還是小嬰兒的時候，她曾抓住一隻貓的尾巴，使盡全力地拉。

「喵！」

那隻貓對小克萊莎哈氣，嚇得她哇哇大哭。自此之後，克萊莎就很討厭小動物，常常趁沒人注意時欺負貓咪。

她會在貓食裡撒胡椒，讓牠們打噴嚏；

哈啾！

面善心惡的克萊莎

在樹枝上塗膠水，讓貓咪卡在樹上；

把兩隻貓的尾巴綁在一起，

讓牠們哪裡都去不了。

把貓塗成鮮豔的粉紅色，讓牠看起來像一根棉花糖；

把貓綁在風箏上，讓嚇壞的貓飛上天空；

在貓咪身上貼郵票，寄到澳洲；

放出一百隻遙控玩具老鼠讓貓抓狂；

把奶奶的假髮偷偷調包成貓咪，讓貓趴在奶奶頭上一整天。

氣嘟嘟
糟糕壞小孩

多年來，克萊莎就是這樣折磨當地的貓，但她自己從來沒養過貓。

她的生日快到了，她向爸爸媽媽要了一個**很特別**的禮物。

「爸爸，媽媽！」克萊莎用一種像*唱歌的語調*說話，讓自己聽起來很甜、很可愛。

「怎麼了，我的小天使？」爸爸問道。

「我覺得有一點點孤單。」

「噢，我親愛的小寶貝！」媽媽驚呼。

「我的小甜心，妳希望我們怎麼做呢？」

「爸爸，媽媽，要是能讓我養一隻小貓咪就太好了，我一定會……」

她要說什麼呢？

「*……好好愛牠。*」

克萊莎的爸媽感動到熱淚盈眶，被女兒騙得團團轉。

「我們怎麼會生出這麼完美的小孩呢！」媽媽感嘆地說。

「克萊莎比完美更完美。」爸爸回答。

克萊莎的嘴角揚起一抹得意又邪惡的微笑。

面善心惡的克萊莎

　　距離克萊莎的生日還有整整一週，爸爸媽媽已經等不及了，第二天早上就幫她準備了特別的禮物，想給她一個驚喜。他們一如往常地端著早餐托盤走進克萊莎的房間。她每天早上都會在床上吃早餐。可是一掀開銀色蓋子，底下放的不是水煮蛋和烤麵包，而是一隻可愛到不行的小貓。

「大驚喜！」爸爸媽媽齊聲說。

　　小貓的毛像雪一樣白，有一雙藍色大眼睛，柔軟的腳掌，以及讓人忍不住想親下去的粉紅色小鼻子。

　　媽媽把小貓抱給克萊莎。她把小貓緊緊擁在懷裡，小貓也開心地喵喵叫，依偎著她。

　　　　　　　「喵！」

　　「爸爸，媽媽，我好喜歡牠哦！」

　　克萊莎興奮地大喊。

　　「牠也會很喜歡妳喔！」爸爸說。

　　「非常非常喜歡！」媽媽補上一句。「妳想幫牠取什麼名字呢？」

　　克萊莎想了一下。「花花！」

　　「噢，親愛的小寶貝，這是我聽過最美的名字了！」

　　「他們倆看起來實在是太可愛，我都快哭了。」爸爸感動地說。

　　「應該是快樂的淚水吧，爸爸？」媽媽問道。

　　「百分之百純粹的喜悅。」爸爸回答。

　　「太好了。我的小甜心，現在花花就是妳的寵物了，答應我，一定要好好照顧牠好嗎？」媽媽說。

　　「我會的。我只想說……你們是世界上最棒的爸爸媽媽，我好愛好愛你們。」

面善心惡的克萊莎

爸爸媽媽互看一眼，露出驕傲的笑容，離開克萊莎的房間。

房門一關，克萊莎立刻收起臉上那個甜到不能再甜的表情。

「哼，花花咧！」克萊莎嗤之以鼻地說。她的聲音變得好低沉，先前那種如歌唱般的可愛語調瞬間消失。

小貓好害怕，嚇得全身發抖。

「貓最討厭了。現在我有一隻貓，愛怎麼欺負就怎麼欺負！」

「喵嗚！」花花放聲哭號。

克萊莎做的第一件事就是讓小貓戴上耳機，用超大的音量放貝多芬的交響曲給牠聽。

叭—叭—叭 碰！叭—叭—叭 碰！

可憐的花花飽受折磨……

「喵嗚！」

……克萊莎卻哈哈大笑。

「哈哈哈！」

她把花花掛在房間天花板的吊扇上，風速開到最強。 「喵嗚！」

她在貓食裡加辣椒粉，害花花一放屁就飛到半空中。

噗——噗！

「喵嗚！」

面善心惡的克萊莎

她在花花的毛髮上纏捲髮夾，幫牠燙了一個很醜的髮型。

「喵嗚！」

她學海盜讓花花走甲板，掉進池塘裡。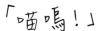

「喵嗚！」

她替牠的鬍鬚做造型，讓牠看起來就像知名的西班牙超現實主義畫家達利，有著可笑的翹鬍子。

汪！

最糟糕的是，克萊莎把花花藏在大衣底下，偷偷帶進克魯夫茲犬展，再把可憐的花花放出來讓狗追。

汪！

汪！

當然，貓是很聰明的動物。看下面的圖就知道了：

最聰明

紅毛猩猩

海豚

大象

貓

面善心惡的克萊莎

最笨

你看吧！貓的排行靠近頂尖聰明。

烏鴉　　　熊　　　金魚　　蛞蝓　　海綿　　人類

　　有天晚上，克萊莎躺在粉紅色小床上睡覺。那天她又虐待了花花一整天。花花努力擠過敞開的窗戶，沿著鄰居的屋頂跳呀跳，循著遠方的喵喵聲前進。花花發現當地的貓每晚都會聚集在一座花園裡開會。

　　貓兒們在銀色的月光下討論正事。關於貓咪的事。牠們在會中為了搶地盤起口角、回報哪些狗很壞，還分享了哪幾位老太太很好心、會用小碟子準備牛奶給牠們喝。

　　主持會議的是一隻住在垃圾場、身上長癬的老公貓。一開始花花很緊張，不曉得該不該加入貓群，最後牠鼓起勇氣跳下屋頂，和其他貓見面。牠哭著把克萊莎虐待牠的事一五一十告訴牠們，表達內心的痛苦。不用說也知道，貓兒們氣炸了。怎麼可以那樣對待一隻手無寸鐵的小貓呢？

「喵！」

　　花花向牠們描述克萊莎的模樣，發現大家都曾經是這個殘暴小女孩的受害者。

　　領導貓群的老公貓宣布，大家要同心協力對付可怕的克萊莎，展開復仇行動。其他貓紛紛舉起腳掌表示同意。明天晚上，牠們就會在夜色的掩護下發動攻擊。

　　第二天早上，克萊莎睜開眼睛，心裡只想著一件事：欺負貓咪。

　　她把花花綁在滑板上推牠下樓。

咚！
咚！
咚！

　　接著把可憐的牠夾在曬衣繩上，就在爸爸的內褲和媽媽的波浪襯褲中間。

湯啊！

面善心惡的克萊莎

她把花花綁在玩具軌道上，按下開關，讓火車飛快從牠身上碾過。

她把自製的機關固定在花花背上，上面掛著一個關有鸚鵡的鳥籠；鳥兒就這樣在牠面前晃來晃去，怎麼抓都抓不到。

「啾！

啾！」

克萊莎還把花花的臉塗成橘色，將牠頭頂的毛往上梳，再讓牠穿上有紅色領帶的黑色小西裝，讓牠變得跟前美國總統川普一樣。

最後，克萊莎吃了十罐烤豆，對著花花的臉猛放屁。

噗！
噗！
噗！
噗！

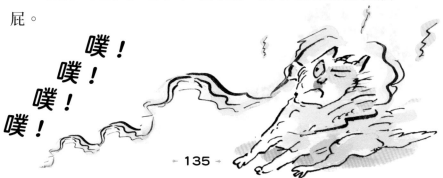

雖然被整得很慘，花花看起來卻一點也不生氣。

反而用呼嚕聲來面對這些苦難。

花花知道天黑後會發生什麼事。

「花花，等著看我明天怎麼欺負你吧！哈哈！」克萊莎邪惡地低語，幻想各種折磨貓咪的方式，躺在床上沉沉睡去。

「呼嚕嚕～呼嚕嚕～！」

到了半夜，克萊莎被一股臭味臭醒，覺得鼻子前面好像有什麼東西。她睜開一隻眼睛，只見一個毛茸茸的小臉回望著她；她睜開另一隻眼睛，發現一個可怕的事實。

貓的屁股正對著她的臉！難怪聞起來這麼臭！那是一隻髒兮兮的老公貓。

「噁！」克萊莎放聲尖叫，試著爬起來，可是卻動不了。好幾隻陌生的貓坐在她的手腳上緊緊壓住她。

「放開我，你們這些討厭的生物！」她再度大叫，但貓兒們說什麼都不放她走。克萊莎奮力揮動四肢，貓群依舊不願起身，她只好使盡全力滾下床。

咚！

　咚！

　　咚！

　　　咚！

　　克萊莎好不容易站起來，瞄了鏡子一眼。眼前的景象讓她驚恐萬分。那些貓就這樣從頭到腳巴在她身上，坐在她頭上的正是花花。牠露出微笑，開心地大聲呼嚕。

「呼嚕！　呼嚕！」

牠們是來報仇的！

　　克萊莎拚命揮手踢腿、猛撞家具，想把貓甩掉，但貓兒們伸出利爪刺進肉裡，牢牢抓著她不放。

「哎喲！」　克萊莎痛得大叫。

面善心惡的克萊莎

　　沒辦法了，她必須把貓嚇跑才行。貓最討厭的就是水。克萊莎衝下樓跑過後花園，往池塘的方向奔去。她縱身一躍——貓兒們一看到前方有水，立刻從她身上跳下來。

嘩啦！

　　克萊莎就這樣跳進池塘裡。

　　過沒多久，她探出冰冷的綠色池水，頭髮上還纏著許多水草。憤怒的貓群圍著池塘對她嘶嘶哈氣，伸出腳掌打她。

「嘶！」

克萊莎只好大口憋氣，再度躲進水裡。那些貓總會離開吧？不過當她浮出水面時，牠們還在那裡。

「 嘶！ 」

貓兒們又伸出爪子，猛揮腳掌打她。

克萊莎再次躲進水中。

就這樣一而再，再而三地重複了整個晚上。

天才剛亮，克萊莎的爸爸媽媽就跑進花園把貓趕走。

「噓！快走！」

花花跳上老公貓的背，貓兒們全都飛也似地跑開了。

爸爸和媽媽急忙把克萊莎從池塘裡拖出來。

「我可憐的小寶貝！」媽媽大聲哭喊。

「我們的陽光小美女，到底發生什麼事了？」

克萊莎全身都變成難看的綠色，冷得直**發抖**……

「呼——！」

……牙齒也瘋狂**打顫**……

面善心惡的克萊莎

咯 咯 咯！

……頭上還坐著一隻青蛙。

「呱！」

克萊莎拚命咳嗽，差點喘不過氣。一隻剛才被她吞下去的蝌蚪從她嘴裡噴出來。

咦！

「嗚哇哇哇！」 克萊莎放聲大哭。這大概是她這輩子最慘的一刻。

克萊莎學到了一個教訓。**她絕對、絕對、絕對**不會再欺負貓咪了。

老公貓帶著花花到一個很有愛心的家庭裡，這家人經常餵老公貓吃炸魚薯條。花花就這樣住了下來，大家都很疼愛牠。

下一年生日，克萊莎又拜託爸爸媽媽送她一個很特別的禮物。

「爸爸，媽媽？」克萊莎說。

「怎麼了，我甜滋滋的小寶貝？」媽媽問道。

「我可以養一隻小白兔嗎？」

不寫功課的
哈利

　　哈利很討厭寫功課，總是想盡辦法逃避回家作業。

　　每次老師問他為什麼沒交作業，他都會找各式各樣的藉口，像是：

我的金魚吃了我的作業。

不寫功課的哈利

我媽媽吃了我的作業。她正在減肥，肚子很容易餓。

我們家被竊賊集團闖空門，他們偷的第一樣東西就是我的地理作業簿。有一個很大的違法黑市專門交易地理作業。

我的作業寫得太好，所以直接送進大英博物館收藏，放在玻璃臺下供後人欣賞。

我把作業放在爸爸車子後座；不幸的是，一隻河馬從動物園逃出來坐在車頂上，把車裡的東西都壓壞了。

氣嘟嘟
糟糕壞小孩

我妹妹是摺紙高手，她把我的作業簿撕下來摺成一座巨大的紙城，是古代的東京都喔。

我的作業被太空總署的科學家放在火箭裡射上太空。他們想跟外星人聯繫，讓他們知道地球上住著有智慧的生物。

我們家的衛生紙用完了，羅絲阿姨就拿我的作業去擦屁股。

我的作業被閃電擊中，變成一團火球。

情報機關的特務說我的作業牽涉到代數方程式最高機密，所以沒收了我的作業。

$$2x^3 + 128y^3 = 2(x^3 + 64y^3)$$

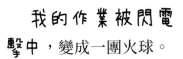

不寫功課的哈利

哈利從來不寫功課，因此放學後有很多時間玩耍、做自己想做的事，例如打好幾個小時的電動，還有……嗯，就這樣。哈利唯一愛做的事就是打電動。如果可以，他會從早到晚一直打，打個不停。他用大拇指操縱遊戲按鈕，忍不住哈哈大笑……

「哈哈哈！」

一想到其他同學都在寫功課，他卻在賽車遊戲中飆過蒙地卡羅賽道、發射雷射槍飛越太空，或是在世界盃遊戲裡射門得分，他就沾沾自喜。

哈利已經**好幾年**沒交作業，老師全都放棄他了。

有一天，學校來了一位年邁的新老師。那個老師非常神祕，負責教歷史，大家都叫她瑪格納夫人。她穿著一身黑，頭上纏著一條蕾絲頭巾，一雙眼睛在頭巾下若隱若現。

瑪格納夫人身上有股發霉舊書（就是會在雜貨大拍賣裡找到的那種）的味道，講話有很重的外國腔，沒有人聽得出來究竟是哪裡的口音。

關於她的謠言很快就傳遍整個校園。

不寫功課的哈利

　　她來的那一天，有些學生懷疑她是女巫，有些則認為她是時空旅人，課堂上教的那些歷史她都親身經歷過。他們猜她的年齡大概在**七十**到**七百歲**之間。

　　就連其他老師也刻意和她保持距離。午餐時間，瑪格納夫人獨自坐在樹下抽長菸斗。

煙霧緩緩飄上天空，
化成人或動物的形狀。

　　瑪格納夫人把抽菸斗這件事變成一種藝術。

　　故事就發生在哈利第一次上她的課那天。瑪格納夫人正在介紹各種盛行於中世紀的酷刑，下課鈴一響，哈利立刻從座位上跳起來準備離開。

　　「明天一上課就要交作業！」瑪格納夫人對全班說。「哈利，**請** 你留下來一下好嗎？」

哈利重重嘆了口氣。「瑪格納小姐，又怎麼了？」

「是夫人！」

「瑪格納夫人，又怎麼了？」

「我注意到你從來不交作業。」

「喔，瑪格納小姐——我是說，夫人……」哈利開始解釋。他很常用一些荒謬的藉口來敷衍老師，經驗非常豐富，所以一點也不擔心。「這就怪了。我都有交啊。可能我寫的字從作業簿上掉下來了吧？」

瑪格納夫人拿出菸斗，填入菸草，用火柴慢慢點燃，對著哈利的臉吐出一團巨大又難聞的煙霧。輕煙縈繞在哈利身旁，嗆得他咳嗽連連。他很確定自己看到

不寫功課的哈利

煙霧變成身穿盔甲、騎在馬背上比武的騎士，可是才一
眨眼，那些騎士就不見了。

「好，很好，非常好，哈利，你很幽默
呢！不過，要是你今晚沒寫功課，
半夜可能會有
鬼魂去找
你喔。」

聽到老師這麼說，
哈利有點害怕。「瑪格納
小姐——呃，夫人，這是
什麼意思？」

氣嘟嘟
糟糕蛋小孩

「你等著看吧。命運掌握在你自己手裡。」

「瑪格納小姐——夫人，我可以走了嗎？」

「可以。」瑪格納夫人又深吸了一口菸斗，朝哈利的方向呼出一大片濃煙。這一次，哈利看到煙霧變成駱駝、奴隸和古埃及金字塔。

他又被嗆到咳嗽；等到煙霧散去，瑪格納夫人已經消失了。

哈利頓時**毛骨悚然**。

神祕的瑪格納夫人說
「半夜可能會有鬼魂去找他」，
到底是什麼意思呢？

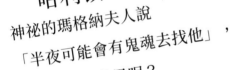

哈利飛也似地跑回家，一進房間就開始翻書包，拿出歷史作業簿。上頭一片空白。

不寫功課的哈利

他上課一直在打混，完全沒做筆記。

瑪格納夫人出的作業是要大家寫一篇文章，題目是**《『死上』最壞的惡棍》**（哈利明白老師說的是『史上』）。

他思考了一下題目，可是他上課根本沒在聽，所以腦海中空空如也，不曉得要寫什麼才好。他知道《星際大戰》裡的黑武士達斯維達是大反派，但達斯維達是虛構出來的角色，不是真實的歷史人物。

哈利抓抓頭，咬咬筆，挖挖鼻孔，做做這個，碰碰那個，就是沒寫功課。過沒多久，他就把作業丟在一邊，抓起遊戲搖桿，開始用電動拯救銀河系或摧毀銀河系之類，總之就是一些胡說八道又不重要的事。

到了睡覺時間，哈利已經完全把歷史作業和老師詭異的警告拋在腦後。打了好幾個小時的電動讓他累壞了，他決定直接上床睡覺。

半夜時分，一陣刺骨的寒風掃過他的房間。

哈利醒了過來。他睜開眼睛，看見房裡瀰漫著如絲般的灰色輕煙。煙霧像漩渦一樣不停打轉，變成各式各樣的形狀，最後化為五個可怕的人影，他們全都穿著古代的服裝。

「你們是誰？」哈利問道。

「我們是史上最壞的惡棍，」一個身穿盔甲、帶著一把寶劍的男人說。「我，想必不用介紹，我就是史稱『上帝之鞭』的**匈王阿提拉！**」

不寫功課的哈利

「我從來沒聽過你的名字耶，老兄。」哈利說。

「你應該要知道才對！」聽到哈利居然不曉得他的名號，阿提拉非常火大。「我四處征戰，是歐洲史上最令人**聞風喪膽的君王**！」

「好喔，你說是就是。」哈利喃喃低語，轉向另外一個人。「那你呢？你又是誰？」

「我？應該不用介紹吧！」那個人揮了一下披風，生氣地說。

「要，請自我介紹一下，」哈利回答。「因為我從來沒看過你！」

「難道**弗拉德三世**這個名字對你來說一點意義也沒有？」

「沒有。」

「你給我聽好，五百年前，

氣嘟嘟
糟糕壞小孩

我把一大堆人穿刺在尖椿上，後人都叫我『**穿刺公**』。」

「讚喔。下一位！」

「我是有史以來最惡名昭彰的反派。」一個身穿白袍、頭上戴著金色葉片皇冠的男人誇張地說，好像在演戲似的。

「你叫什麼名字？」

「**卡利古拉**！我不只是羅馬帝國的皇帝，還是至高無上的神！」

「不會吧，又來了⋯⋯」阿提拉咕噥了幾句。

「拜託，我殺的人比你還多！」一個戴著白色假髮、衣著豔紅如火的男人大喊。

「孩子，看樣子你滿無知的。

不寫功課的哈利

我來自我介紹一下，我是**羅伯斯比**，法國大革命的領導者。我**處決**了好幾千人，包含我最好的朋友在內。」

「為什麼要這樣？」哈利問道。「你要是不喜歡他們，為什麼不永遠不回訊息就好？他們過陣子就會懂你的意思了。」

「你會不會太好笑？那是一七九〇年代！當時又沒有手機！」

「哈！哈！哈！」一陣笑聲從房間角落傳來。一個體格魁梧、留著長長灰色鬍子的男人就坐在那裡。「跟我比，你們不過是一群無名小卒！」

「你是誰啊？」哈利又問。

氣嘟嘟
糟糕壞小孩

「孩子，你是在開玩笑吧？我是**成吉思汗**，蒙古帝國的統治者。我帶著軍隊橫掃世界，殺了數百萬人。拜託，幾個法國佬算什麼？呿！」

成吉思汗朝地板吐了一口口水。

羅伯斯比勃然大怒。

「你好大的膽子！口水濺到我的褲子上了！馬上擦乾淨！」

「我不要！」成吉思汗說。

「呵呵！」卡利古拉用嘲諷的語氣說。「好啦，女孩們，別吵啦！」

「**閉嘴！**」哈利大喊。

史上最壞的惡棍全都愣了一下，說不出話來。過去從來沒有人敢叫他們閉嘴。

「你們到底來我房間做什麼？如果你們不介意，我希望你們不要殺我，我的遊戲才剛破關，好不容易升到第八級。」

不寫功課的哈利

惡棍們放聲大笑。

「殺你？」弗拉德三世說。

「講得好像我們很愛殺人一樣。」
成吉思汗補上一句。

「那你們到底要幹嘛？」哈利繼續
追問。

「我們是來逼你寫功課的！」羅伯斯比回答。

「不會吧！」哈利大叫。

「沒錯！」阿提拉說。

「不公平！」哈利抱怨。

五大惡棍就這樣站在哈利旁邊盯著他寫歷史作業，
盯了一整晚。每次哈利一下筆，他們就會爆發激烈爭執。

「可是句子不能用『可是』開頭啊！」羅伯斯比大
喊。

「你剛才不就用了嗎！」弗拉德三世說完就把羅伯
斯比穿刺在尖椿上。

哈利的文章慢慢成形，有點樣子了。惡棍們很樂意
提供哈利所需的資訊，他們一邊吹噓自己可怕的豐功偉
業，一邊介紹重要的歷史事件與人物。

「要處死所有法國貴族，斷頭臺是很有用的方法！」羅伯斯比得意洋洋地說。

「無聊透頂！」卡利古拉說。「在古羅馬時代，我都把人丟進競技場，讓他們被熊或獅子活活吃掉。這樣好玩多了！」

為了不讓這五大反派吵架，哈利沒有選出心目中史上最壞的惡棍。他寫道：**「結論是，弗拉德三世、卡利古拉、成吉思汗、羅伯斯比和阿提拉一樣壞。」**

惡棍們似乎很滿意這個看法，紛紛低語表示贊同。

「不過我還是覺得我最壞。」成吉思汗說。

「閉嘴啦，成吉思汗！」哈利大喊。

太陽出來了，歷史作業也寫好了。這是哈利有生以來第一次完成回家功課。

「祝你拿高分，哈利。」弗拉德三世說。

「考試 *bonne chance*！」羅伯斯比說。

哈利一臉茫然地看著羅伯斯比。

「那是法文的『祝你好運』啦。」羅伯斯比回答。

「謝謝，我會努力的。」

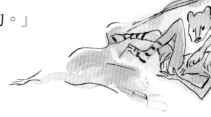

不寫功課的哈利

「也要努力寫法文作業喔。」

「好啦！」哈利沒好氣地說。

「你花太多時間打沒營養的電動了。」成吉思汗叮嚀。

「我知道。」哈利同意。

「答應我你會減少打電動的時間，好嗎？」卡利古拉說。

「我答應你。」哈利對他保證。

「我們的任務完成了，各位，喔，還有弗拉德三世，」羅伯斯比說。「再見！」

五大惡棍就像稍早從煙霧中現身一樣，消失在煙霧裡。

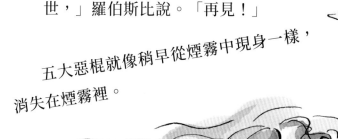

雖然這一夜很瘋狂，但哈利知道，他一定會很想念有他們在身邊的時刻。

　　整晚沒睡的他蹦蹦跳跳地去上學，想趕快把歷史作業交給瑪格納夫人。

　　瑪格納夫人熱切地批閱哈利的作業，對他刮目相看。「很『豪』，寫得真『豪』！」她邊抽菸斗邊說。

　　「謝謝，瑪格納小姐——我是說，夫人。」

　　「你是自己寫的，還是有人幫你？」瑪格納夫人露出古怪的笑容。

　　「有人幫了我一點小忙。」

　　「我知道，孩子，我知道。」瑪格納夫人對著教室吐出一團煙霧。

　　史上最壞的五大惡棍立刻出現在眼前：弗拉德三世、卡利古拉、成吉思汗、羅伯斯比和阿提拉，他們全都微笑看著哈利。

　　瑪格納夫人一跛一跛地走向長廊，哈利在後面大喊：

　　「還有，我只是想讓妳知道，寫功課這件事僅此一次，下不為例。」

　　瑪格納夫人停下腳步，轉身看向哈利。

　　「哦，是嗎？」瑪格納夫人說。

不寫功課的哈利

「對，我不會再寫作業了。」

「真可惜。你一定會喜歡今晚的回家作業，主題是我們的老朋友布狄卡，就是那個領導人民反抗羅馬的古英國女王。」

「天哪，聽起來還真無聊。」

「這樣啊，希望她今晚不會駕著戰車去找你囉。」

瑪格納夫人笑著抽了一口菸斗，長廊上瀰漫著濃濃黑煙，變成女王駕著雙馬戰車的形狀，戰車車輪上還嵌著鋒利的刀刃，利到一眨眼就能

砍斷你的腿。

戰車全速衝刺，刀鋒朝著哈利直衝而來。

「羅馬必亡！」布狄卡大吼。

哈利嚇得全身發抖。「好啦好啦！我做就是了。」

「好孩子！」瑪格納夫人吸了一口菸斗，布狄卡女王瞬間消逝無蹤。哈利望著老師離開的背影，她每走一步，身影就越淡，最後憑空消融在空氣裡。瑪格納夫人離開的方式就跟她出現時一樣神祕。

從那天起，哈利每天都乖乖寫功課，不想再見到可怕的瑪格納夫人了。

喜歡蟲蟲的
葛莉賽達

恐怖的蟲之所以叫恐怖的蟲是有原因的。牠們很**恐怖**，而且是蟲。蛞蝓、蠕蟲、蜘蛛、毛毛蟲和蟑螂都是會讓人起雞皮疙瘩的可怕生物。

　　　　　　　　　但**葛莉賽達**不這麼認為。

喜歡蟲蟲的葛莉賽達

　　她非常喜歡蟲。如果看到一隻蠕蟲在泥地上**扭動**，她會把蟲抓起來放進口袋裡。

　　說真的，蟲算不上什麼好寵物。

　　你叫牠們，牠們不會來。

「**蟲蟲！**」

　　你丟棍子給牠，牠不會撿。

　　「蟲蟲，快去撿！」

　　你也沒辦法訓練牠們表演才藝。

「蟲蟲！**翻滾！**

蟲蟲！**拜託！**

蟲蟲！**握手！**」

　　不過，葛莉賽達對這些黏答答的生物另有計畫。她想用牠們來**嚇人。**

167

葛莉賽達念的是一間非常高級的寄宿學校，裡面全是女生：

昆斯伯里公爵夫人女子學校

（而且這些學生的爸媽都超有錢）

校園裡到處都是頭髮很長、名字也很長的年輕女孩，例如安東妮亞蘿絲・杭亭頓－史密斯之類。

喜歡蟲蟲的葛莉賽達

學校裡每個人都有

完美的皮膚、

完美的牙齒

和**完美的**指甲，比完美更完美。

閒暇時，那些女孩喜歡摘野花、繡蕾絲手帕、裝飾杯子蛋糕。

葛莉賽達和她們不一樣，很喜歡當異類。她從不梳頭，頭髮看起來就像套了一個紫色髮圈的鳥巢；她的指甲縫裡老是藏著黑黑的汙垢；最重要的是，她對臭氣沖天的自己非常滿意，再自豪不過了。

優雅體面的法格蘭校長會瞄葛莉賽達一眼，對她

大吼：

「葛莉賽達！妳該洗澡了！」

「不用了，法格蘭校長，謝謝。我不想泡在髒兮兮的**洗澡水**裡好幾個小時，這樣很不健康！」葛莉賽達說完會跑到泥巴或草叢裡打滾，有時還會躺在水窪裡。

到了晚上，她會偷偷溜出宿舍找蟲蟲，而且經常拿這些恐怖的蟲來整別人。

有一次，她收集了上百隻水蛭，把牠們倒在學生代表的床上，再用棉被蓋住。

喜歡蟲蟲的葛莉賽達

克萊莉莎—珍·海佛—伯蘭罕一鑽進被窩，
就收到這個黏答滑溜的「**大驚喜**」。

「啊！」

她大聲尖叫，葛莉賽達則在窗外竊笑。

「嘻 嘻 嘻！」

　　還有一次，葛莉賽達看到校長的波浪燈籠褲掛在花園裡的洗衣繩上，於是便抓了兩隻她能找到**最長**、**最毛**的**毛毛蟲**，放進校長的內褲裡。早上開朝會的時候，法格蘭校長帶著全校禱告，卻忍不住一直亂動。

「噢——！」

喜歡蟲蟲的葛莉賽達

她的屁股從來沒這麼癢過。

「啊——！」

所有學生愣在原地，呆呆地看著向來端莊的法格蘭校長在講臺上東扭西扭、跳來跳去，像小狗一樣叫個不停。

「哎喲！
哎喲！
哎喲！」

只有葛莉賽達知道校長為什麼會這樣。她坐在禮堂後排，看到自己製造出來的混亂，嘴角不禁揚起一抹微笑。

最糟糕的是頒獎典禮那天。那天的貴賓不是別人，正是

女王陛下。

女王把獎項頒給那些比他人更優秀的學生，還發表了一段演說，告訴大家如何在人生的道路上臻至成功。

與此同時，葛莉賽達（她是獎項絕緣體，除非比的是「誰的腳最臭」，那她肯定拿第一名）躡手躡腳地溜進學校廚房，把三明治裡的小黃瓜全都換成活跳跳又滑溜溜的蛞蝓。

喜歡蟲蟲的葛莉賽達

典禮結束後，女王和所有獲獎人都到花園裡參加茶會。大家一邊喝茶，一邊吃三明治，舉止非常得體。雖然小黃瓜三明治吃起來**很噁心**，老師、家長和獲獎學生依舊默默吃下肚，沒有半句怨言。大家都不想在**雍容高雅**的貴賓前大吵大鬧。

「三明治真美味。」一位年邁的公爵夫人說。

「是呀，小黃瓜好新鮮，」一位伯爵夫人回答。「幾乎就像**活的**一樣！」

誰會在女王陛下面前把食物吐出來呢？嗯，只有女王陛下自己，原因很簡單，因為她是女王陛下嘛。女王陛下咬了一口蛞蝓三明治，立刻吐出來。

「哎噁一！」

她放聲尖叫，食物全都噴到校長臉上。法蘭格校長的頭髮沾滿麵包屑，眼鏡上還卡了一隻被咬一半的蛞蝓。

一根樹枝在他們頭上彈上彈下，躲在樹上的葛莉賽達忍俊不住，呵呵笑了起來。

「我的三明治裡有一隻活生生的**蛞蝓**！」女王大喊。

「真的嗎？」法格蘭校長不安地動來動去，覺得好丟臉，大家都在看她。「女王陛下，妳不喜歡用活蛞蝓當餡料的三明治嗎？」

「不喜歡！」女王回答。「死的也不喜歡！」

「了解！我們保證，下次絕不會再準備用蛞蝓做的點心了。」

　　「沒有下次了！」女王氣急敗壞地走向她的勞斯萊斯。「蛞蝓三明治！我在海外旅行時曾吃過很噁心的食物，但完全比不上這個。來人啊，把校長關進倫敦塔地牢裡！」

　　「那裡現在是博物館，女王陛下。」她的女侍從說。

　　「這樣啊，那把她關進禮品店好了，」女王厲聲喝道，坐進勞斯萊斯後座。「開車！」

氣嘟嘟
糟糕壞小孩

「遵命，女王陛下！」司機猛踩油門，火速離開現場。車上的國旗在風中不斷飄揚。

「對了，在最近的土耳其烤肉店停下來，我得吃點東西壓掉嘴裡的噁心臭味！」女王大聲嚷嚷，用蕾絲手帕拚命搓舌頭，想把上面的蛞蝓汁液擦掉。

這是歷史悠久的昆斯伯里公爵夫人女子學校創校以來最黑暗的一天。

學生、家長和老師全都一頭霧水。這個神祕的蟲蟲怪客到底是誰？

校園裡到處貼滿懸賞布告。

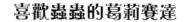

懸賞

你知道在學校代表的床上放水蛭、

在校長的內褲裡放毛毛蟲，

以及頒獎典禮當天

在給女王陛下吃的美味三明治裡

放可怕生物的人是誰嗎？

請提供相關情報。

只要有助於抓到嫌犯，

一律酬謝 **£1000** 英鎊。

其實布告上原本寫一百英鎊，但每個學生都家境優
渥，不把這點錢放在眼裡，所以酬金不得不提高到一千
英鎊，相當於有些女孩一週的零用錢。

氣嘟嘟
糟糕壞小孩

不過，神祕攻擊事件還是一椿接一椿。

員工休息室的馬桶裡爬滿了**蟑螂**；歷史老師沃斯里小姐一坐上去，屁股就被蟑螂咬了一口。

「哎喲！」

美術老師哈克尼小姐則收到一隻毛茸茸的大蜘蛛；當她打開珠寶盒準備別上胸針，才發現手裡拿的其實是蜘蛛，把她嚇得半死。

「啊*啊啊*！」

女舍監也收到一份「大驚喜」。她下班後打算倒一大杯威士忌好好放鬆一下，卻發現酒瓶裡滿滿都是活蛆。

「不一！」

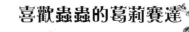

喜歡蟲蟲的葛莉賽達

葛莉賽達每次惡作劇都希望場面能比上一次更噁心、更恐怖。她會在清晨起床，趁上課前到池塘釣青蛙、抓蝌蚪和蠑螈；午餐時間，她會在庭園裡找甲蟲、蜈蚣與潮蟲；夜半時分，她會悄悄溜下床，跑到學校操場上挖蚯蚓。每天晚上，她都會用小推車把扭動的蠕蟲運回宿舍。

所有蟲蟲都收在她床底下的大箱子裡。一個噁心至極的藏寶箱。

箱子裡很快就塞滿許多扭來扭去的恐怖蟲蟲。

葛莉賽達笑著把新的戰利品倒進箱子裡。

「哈哈哈！」

氣嘟嘟
糟糕壞小孩

　　尋蟲冒險結束後，葛莉賽達會神不知鬼不覺地溜回床上，想像下一波行動，思考該如何成為大家的惡夢。**越盛大、越讓人覺得不舒服越好**。邪惡的想法在她內心最黑暗的角落緩緩爬行。她能一次用上全部的昆蟲嗎？這樣她就能打造出**有史以來最可怕的惡作劇**。這將會成為她畢生的傑作。

　　就連她自己都覺得這個計畫很駭人。

喜歡蟲蟲的葛莉賽達

　　葛莉賽達決定把蟲蟲倒進校長的浴缸裡。法蘭格校長老是對她說教，要她「好好享受泡澡的時光」，經常在集會上熱情地跟學生分享泡澡的美好。

　　「女孩們，妳們每天都要泡三次澡。不只是洗淨身體，更重要的是洗滌心靈。」法蘭格校長常這樣說。

　　天色一暗，葛莉賽達就拖著沉重的箱子來到校長住的小屋。她從一扇敞開的窗戶爬進屋裡，找到了浴室。浴缸已經放滿熱水，空氣中飄散著薰衣草精油的甜香，讓葛莉賽達一陣反胃。

「噁！」

　　浴室光線昏暗，浴缸周圍擺了許多蠟燭。葛莉賽達一邊拉開塞子把水放掉，一邊暗中監視隔壁房間，只見穿著睡袍的校長把銀灰色長髮盤起來塞進浴帽裡，準備泡澡。

　　葛莉賽達把塞子塞回去，將箱子裡的蟲蟲全都倒進浴缸裡，數量多到差點滿出來。

眼前的畫面實在是太噁心了：蠕動的蟲相互交疊，在彼此身上爬來爬去，恐怖指數突破天際。

葛莉賽達往後退一步，欣賞自己的成果。

「哈 哈 哈！」

她腦海中浮現出不知情的校長泡進蟲蟲浴缸的畫面，心裡暗暗竊喜。

葛莉賽達沉浸在自己的幻想裡。然而，就在這個時候，校長猛地打開浴室的門。

砰！

門狠狠打中葛莉賽達，讓她一頭栽進浴缸。

「啊！」

　　才一轉眼，她就被一大群蠕動的蟲蟲淹沒，蟲蟲吞噬著她。法蘭格校長努力想把她拖出浴缸。

「葛莉賽達！

葛莉賽達！」

可是葛莉賽達早就被蟲蟲吃得一乾二淨，只剩下一個被咬一半的紫色髮圈。

從某個角度來看，葛莉賽達說得沒錯。她的確不適合泡澡。

如果她還活著，她就會學到很重要的一課：

己所不欲，
勿施於人。

被寵壞的
布萊德

　　布萊德是世界上最被寵壞的孩子。他來自一個非常富裕、**靠有錢來賺錢**的家庭，和爸媽一起住在美國一棟有一百間房間的豪宅裡。

　　他被寵壞的程度之嚴重，導致他一點都不愛惜自己擁有的那些珍貴東西。

被寵壞的布萊德

布萊德是獨生子，不管他想要什麼，爸爸媽媽都會買給他。比方說……

一百隻小狗；可是布萊德很快就膩了，還把小狗當垃圾丟掉。

一部白色迷你豪華轎車；可是布萊德故意踩油門去撞牆，把車子撞得稀巴爛。

氣嘟嘟
糟糕壞小孩

一個機器人；這個機器人是爸爸媽媽買來陪他的，因為他沒有朋友，可是布萊德不知怎的和機器人吵架，憤而把它推進游泳池裡。機器人就這樣躺在池底逐漸生鏽。

咯咯！咯咯？咯咯？

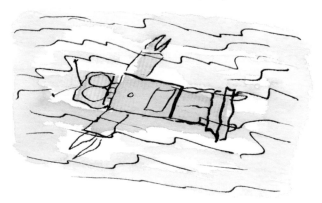

一臺發球機；這臺發球機原本是要幫助布萊德學網球的，可是他卻把機器當成大炮對準網球教練，對他猛噴球。

「哎喲！」

被寵壞的布萊德

一整套皮革裝幀的百科全書；可是布萊德只讀了關於食蟻獸的簡介就放棄，還把書頁撕下來當做衛生紙用。

撕！擦！

一幅價值連城的老油畫；可是布萊德用頭撞破畫布、掛在脖子上，當成萬聖節裝扮。

一盞雕花玻璃吊燈；這盞吊燈掛在布萊德的房間裡，被他當成鞦韆盪來盪去。

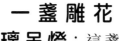

一把古董低音提琴；可是布萊德從沒拉過，反而用琴充當雪橇滑雪。

有天早上，布萊德穿著絲綢睡衣、睡袍和印花天鵝絨拖鞋大搖大擺地走下豪宅裡那座長長的樓梯。

「早安，布萊德利二世。」他的爸媽輕聲說。爸爸正在讀《金融時報》研究股票；媽媽在翻閱時尚雜誌，津津有味地看那些有錢名人整形失敗的照片；傲慢的英國管家霍普金斯則一如往常地在桌邊服侍他們。

被寵壞的布萊德

「管家，給我煎餅！」布萊德踏進華麗的飯廳，走向那張長得不可思議的餐桌。「還有鮮奶油、冰淇淋和巧克力醬！

快點！」

「是的，少爺。」霍普金斯用愉快的語氣回應，接著鞠一個躬，走進廚房。

布萊德一屁股坐在常坐的餐桌主位。

「爸爸，媽媽？」

「怎麼了，布萊德利二世？昨天幫你辦的那場百萬生日派對玩得還開心嗎？」爸爸問道。

「還可以啦，」布萊德回答。「我一直在想……」

「想什麼呢？」媽媽鼓勵布萊德說下去，畢竟他很難得思考。

「我還要等整整一年才能過生日，我覺得這樣很不公平。」

「每個人都是這樣啊，布萊德利二世，」爸爸說。「所以生日才會這麼特別。」

「我不想等！」布萊德大吼。「我每天都要過生日！」

爸爸和媽媽交換了一個眼神。他們已經習慣兒子表現得像個被寵壞的小鬼，但這次實在是太過分了。

「兒子！昨天我們砸了一大筆錢幫你辦了一個奢華的派對，」媽媽率先開罵。「有巨大的巧克力蛋糕……」

「我好愛蛋糕！」布萊德插嘴。

被寵壞的布萊德

「我們知道。」爸爸說。

「在花園裡設遊樂園、堆得像山一樣的禮物⋯⋯」媽媽繼續說。

「我們還派專車到全國各州接送好幾百個小朋友來參加，請他們假裝是你的朋友。」爸爸補充。

「那你們今天可以再辦一次啊，還有明天跟後天。管家，我的煎餅呢？！還有**大後天**，和**大大後天**。」

「要是我們拒絕呢？」媽媽問道。

布萊德想了一下。「要是你們拒絕，我就儘早把你們兩個送進養老院，讓你們在那裡腐爛！」

爸爸嘆了口氣。「我想我們最好順他的意。」他說。

「沒錯！」布萊德大叫。「**煎餅！快！**」

霍普金斯端著銀色淺盤從廚房裡走出來。

「少爺，您的煎餅。」他說。

氣嘟嘟
糟糕壞小孩

「**太慢了吧！**」布萊德氣呼呼地說。「爸爸，你可以打他當做懲罰嗎？」

「不行，兒子！那樣是不對的。」

「真可惜。」布萊德若有所思地說。

霍普金斯挑起一邊眉毛。

大家匆匆準備，加緊腳步布置，布萊德兩天內的第二場生日派對下午四點準時開始。除了草坪上有一座巨大的舞池帳篷外，游泳池那裡也有海豚秀，還有和豪宅一樣大的跳跳城堡（不過布萊德決定只有他可以玩，因為他是壽星）。

「生日快樂！」

爸爸媽媽推著一個超大的巧克力蛋糕走出來。

「蛋糕！」布萊德大叫。
「祝我生日快樂！」

布萊德用手挖了一塊蛋糕，塞進嘴巴裡。

「我的禮物呢？」他大聲質問，蛋糕屑噴了賓客一

身。那些賓客一樣是搭專車過來的，他們昨天都有來參加派對，所以似乎覺得有點無聊。

霍普金斯抱著像小山一樣高的禮物，搖搖晃晃地走過來。

「不夠！」布萊德說。**「明天我還要更多！」**

管家搖搖頭，禮物咚咚咚地滾到地上。爸爸和媽媽彼此對望，嘆了口氣。

第二天也一樣。布萊德又辦了一場生日派對。

這一次，草坪上不僅有雲霄飛車，

更安排了一頭大象讓大家騎，附近的小舞臺上還有個知名流行歌手高唱他的熱門金曲。布萊德要求其他人戴上

被寵壞的布萊德

耳機，因為表演只有他一個人可以聽。

　　四名僕人推著一個大到無以復加的蛋糕走出來。世界上大概沒有人看過這麼大的
蛋糕。

「**蛋糕！**」布萊德興奮大叫。

「祝我生日快樂！」

　　「什麼？」媽媽戴著耳機，聽不到他說的話。

「我說，祝我生日快樂！」

布萊德扯開喉嚨大喊。

　　「哦，對！沒錯！布萊德利二世，生日快樂！」媽媽說。

氣嘟嘟

糟糕壞小孩

今天的蛋糕大小和一個充氣游泳池差不多。布萊德用兩隻手盡可能挖了一大塊蛋糕，拚命往嘴裡塞。剩下的蛋糕都比他挖走的那塊還要小。

被寵壞的布萊德

「**我的禮物呢？！**」布萊德大發牢騷，嘴裡的食物到處亂噴。花錢請來的賓客身上全都是蛋糕屑。

「我要禮物！」

爸爸媽媽昨天學到了教訓，所以今天準備了更多禮物。霍普金斯開著起重機進場，上面的禮物堆得像高塔一樣。

布萊德看了禮物堆一眼，放聲大哭。

「布萊德利二世，又怎麼了？」爸爸用懇求的語氣問道。

「我以為你們愛我！」布萊德哭著說。「結果只給我這些！明天我要更多！聽到沒有？**還要更多！**

更多！

更多！」

氣嘟嘟
糟糕壞小孩

隔天的生日派對比先前更盛大，**大到誇張**。這一次，花園裡設置了大型滑水道設施，賓客們可以坐在圓木舟裡從高處衝下來，濺起大片水花；不過布萊德沒有玩，因為他很討厭弄濕身體。除此之外，爸爸媽媽還花錢請了一位專業的重量級拳擊手，拜託他假裝被布萊德一拳擊倒在地。派對上還有摩托車特技團，但布萊德要求所有賓客戴上眼罩，只有他一個人能看表演。畢竟這是他的生日嘛。當然啦，現在每天都是他的生日了。

就在這時，有個被請來假裝是布萊德朋友的孩子犯了大錯——他居然大聲發表意見。「布萊德，你知道嗎，今天也是我的生日喔。」

布萊德立刻嚎啕大哭。

「嗚哇哇哇哇！」

「又怎麼了？」爸爸問。

「這個討厭的**傢伙**毀了我的派對！」

被寵壞的布萊德

「怎麼會呢？」爸爸又問。

「他說今天也是他的生日！」

「今天真的是我生日啊！」那個男孩說。「要不是你們付我一百美元要我來這裡，我就會在家和家人一起慶生。」

「我不想跟別人分享我的生日派對！」布萊德大叫。「來人啊，快用公開鞭刑處罰他！」

「布萊德，我們不能用鞭刑處罰他！」爸爸回答。

「可惡！那快點把他趕出去！」布萊德大吼。

兩名保全人員粗魯地把那個男孩架起來，帶著他大步離開現場。

「我還拿得到一百美元嗎？」男孩邊走邊喊。

「好了！」布萊德再度開口。「那個男生毀了我的生日，所以我今天要**雙倍**的禮物！」

「我們的確幫你準備了雙倍的禮物。」媽媽說。

大吊車應聲出場，長長的懸臂在上方晃來晃去。操控吊車的正是管家霍普金斯。

懸臂上掛著一張大網，裡面的禮物看起來少說有好幾千個，滿到都快炸出來了，數

被寵壞的布萊德

量多到甚至遮住了陽光。裝著禮物的網子慢慢下降，落到地上。

「布萊德利二世，現在你開心了吧？」爸爸問道。

「不，我不開心！」布萊德抱怨。

「為什麼？」

「因為你忘了蛋糕！生日派對怎麼可以沒有蛋糕？」

「我們有幫你準備蛋糕呀！」媽媽連忙解釋。

她彈彈手指，一臺拖拉機緩緩現身，後面拖著一個史上最大的蛋糕，大概跟一座游泳池一樣大。

「**蛋糕！**」布萊德大叫。

「**祝我生日快樂！**」

花錢請來的賓客心不甘情不願地開始唱生日快樂歌（他們已經連唱三天了），布萊德則手腳並用地爬到禮物堆最頂端。

「布萊德利二世，你在做什麼？」
媽媽吶喊。
「我要跳到蛋糕裡！」布萊德回答。
　　說完他就縱身一躍，掉到蛋
糕上⋯⋯

嘩啦！

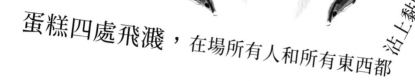

蛋糕四處飛濺，在場所有人和所有東西都沾上黏呼呼的蛋糕。

布萊德拚命把蛋糕塞進嘴裡。他一邊在蛋糕裡踩水*，一邊狂吃猛吃。

因為天天吃一大堆巧克力蛋糕的關係，布萊德的身材變得圓滾滾；過沒多久，他就發現自己不斷往下沉，越陷越深。他意識到自己快淹死在生日蛋糕裡了。

「救命啊！」 他放聲大叫。

爸爸媽媽看著這一幕，揚起一抹詭異的微笑。

這時，霍普金斯說話了。「不好意思，老爺，要我跳進去救少爺嗎？」

「別急，再等一會。」爸爸回答。

「布萊德利二世很喜歡他的蛋糕呢。」媽媽補上一句。

霍普金斯也笑了。

*這邊應該要說「踩蛋糕」才對

氣嘟嘟
糟糕壞小孩

　　布萊德就這樣慢慢、慢慢
沉進蛋糕裡。

　　他的身影很快就消失了。

　　這個故事的寓意很簡單。

　　吃蛋糕時千萬別太貪心，否則可能會淹死在蛋糕裡
喔。

愛惡搞的
翠絲

　　很久很久以前，在一棟非常高的公寓頂樓住著一個名叫翠絲的女孩。她經常透過窗外俯瞰這個世界，徜徉在白日夢裡，幻想自己高高在上，能掌控所有人。

　　她會閉上一隻眼睛，舉起手，把手指舉在睜開的那隻眼前，用單眼觀察在五十層樓底下來來去去的人，可

愛惡搞的翠絲

能是遛狗的老太太、在玩球的小朋友，或是提著大包小包趕回家的年輕媽媽——無論是誰走進她的視線，她都會伸出手指假裝把他們捏扁。

「你被捏扁了，還有你，還有你……」她自言自語，臉上綻出一個燦爛的笑容。「我要把你們全都捏扁！」

事實上，翠絲一直很想用什麼方法真的把人壓扁。

她在上廁所時突然靈光一閃，想到一個好點子（很多好主意都是在上廁所時冒出來的）。當時是下課時間，翠絲坐在馬桶上看著牆壁與門板上的塗鴉；廁所裡滿滿都是文字和圖畫，幾乎沒有半點空白。

有些是關於老師的感情生活：

楚特小姐愛普佛克先生。

我看到邦格斯先生和丹紐小姐坐在樹下接吻！

柏屈小姐超迷戀方博先生。

有些則是另類的學校評鑑：

數學課無聊死了！

我恨歷史課！

理化課爛透了！

愛惡搞的翠絲

除此之外，還有幾條針對學生餐廳的毒舌評論：

除非你想死，否則千萬別吃香腸捲！

蛋奶凍硬到要用刀才切得開。

還我炸火雞麻花！

翠絲邊看邊想，不曉得用內容糟糕的塗鴉來惡作劇是什麼感覺？會不會像真的把人壓扁那樣爽快？

她的制服外套口袋裡有一枝粗頭簽字筆。她咬著筆蓋，思考該寫些什麼才好。梅根是全校最受歡迎的女生，不僅對低年級生很親切，對一起上體育課的同學也很友善，總是笑臉迎人，就連遇見脾氣最壞的老師（例如邦格斯先生）也不例外。最後翠絲用大大的黑色字體寫下：

梅根有口臭。

其實梅根沒有口臭，不過這對翠絲而言不重要；重要的是，梅根看到這句塗鴉一定會受到很大的打擊，就像被「壓扁」一樣。

翠絲離開廁所，經過鏡子，瞥了鏡中的自己一眼，驚訝地發現她的鼻尖上長了一顆好大的疣。

「這是什麼？」她喃喃自語。

奇怪了，她今天早上出門時沒看到鼻子上有長東西啊。翠絲把頭髮拉下來遮住那顆疣，匆匆趕去上下一堂課。

到了午餐時間，謠言已經如野火般傳遍整個校園。大家都在討論廁所牆上的塗鴉。可憐的梅根抽抽噎噎地啜泣，她的朋友則在一旁安慰她。翠絲一邊吃著蘇格蘭蛋，一邊在附近閒晃，這樣她才能偷聽他們在講什麼。

「**口臭？**我沒有口臭啊！我有嗎？」梅根哭著說。

「才沒有呢！」幾個女生異口同聲地回答。

愛惡搞的翠絲

「那為什麼有人要那樣寫？」

「我敢說一定是某個可悲的人覺得偷偷摸摸地寫那些過分的話很好玩。」梅根的超級好朋友雪柔安慰她。

「就是惡搞啦。」一個名叫保羅的運動型陽光男孩邊踢球邊說。

「到底是誰想惹妳生氣、讓妳難過呢？」翠絲揚起一抹略帶愧疚的微笑。「妳知道嗎，我覺得妳是全校最好、最善良的女生。」

「謝謝。」梅根回答。就在這時，一陣強風把翠絲的頭髮吹到後面。梅根注意到翠絲鼻尖上的疣，那顆疣實在太大，想不看到都不行。

「翠絲?」梅根開口。

「什麼事?」

「那是什麼東西?」

「什麼什麼東西?」翠絲裝無辜地反問。

「妳鼻子上那個東西。」梅根回答。

「哦,這個啊?只是一顆小痘痘,明天早上就會消了。」

可是第二天早上,那顆疣並沒有消失。翠絲從床上驚醒,覺得鼻子不太對勁。

「不會吧!」她從床上坐起來。「那顆疣居然還在!」

沒關係,她還是要繼續惡搞,用各種方式「壓扁」別人。

那天早上,翠絲刻意早起,成為第一個進校門的人。校園裡空空蕩蕩、一片寂靜,對她來說再完美不過了。她偷偷溜進美術教室,抓了一罐顏料和一隻畫筆,再從工具間搬了工友的梯子來。她小心翼翼地查看環境,確認四下無人,接著便爬上梯子,在學校大樓外牆上塗鴉,字體大到從外太空都看得見。

雪柔的屁股超大

翠絲爬下梯子，覺得耳朵一陣熱辣。她摸摸耳朵。

「哎喲！」

她的耳朵燙到像火在燒，以驚人的速度飛快腫脹，慢慢冒出濃密的毛髮。

噗！

噗！

噗！

翠絲腳邊剛好有一個小水坑，她低頭看著水中的倒影。

「不──！」

翠絲失聲驚叫。她現在有一對毛茸茸的大耳朵，就像大猩猩一樣。

就在這個時候，副校長柏屈小姐坐著電動輪椅慢慢駛進校門，翠絲急忙躲到腳踏車棚後面。她要在那裡等雪柔來學校。她等不及看她有什麼反應了⋯⋯

可憐的雪柔一看到牆壁上的塗鴉，立刻放聲大哭。

愛惡搞的翠絲

「我的屁股不大啊！會很大嗎？」
她嗚咽地說。

「一點都不大，妳的屁股很小。」
梅根回答。

「會太小嗎？」雪柔又問。

「不會！」保羅說。「算是中等吧。」

「中等偏小還是中等偏大？」

「中等偏中。」保羅回答。

翠絲低聲竊笑。又一個受害者被她「壓扁」了。

鈴——！

上課鈴聲響了。翠絲決定等外面沒人再出去，因為
她現在的長相實在是詭異至極。操場一淨空，她就悄悄
溜進學校大樓，沿著空蕩的走廊前進，準備去上歷史
課。雖然已經遲到了，但她還是按捺不住想**惡搞**的衝
動。她拿出粗頭簽字筆在牆上亂畫，寫下充滿惡意的文
字……

保羅有一張披薩臉！

一寫完這段**惡毒**的話，她的手就開始腫大，長出
許多捲曲的毛。

「啊！」

翠絲忍不住尖叫，立刻
檢查另一隻手。她就這
樣眼睜睜看著自己的雙手
扭曲成可怕的爪子，指甲
也變得好尖。

「怎麼會
這樣？！」

她大喊。

愛惡搞的翠絲

教室的門猛地打開。

「翠絲！」戴眼鏡又禿頭的邦格斯先生怒吼。

「妳到底在吵什麼？」

「沒事，邦格斯先生！」

「妳遲到了！」

「對不起，邦格斯先生！」

「快點進來！」

翠絲深呼吸，走向站在教室門口的老師。她
把頭髮往下拉想遮住耳朵，接著再低下頭猛扯制
服外套袖子，希望邦格斯先生不會看到她的手爪
和鼻尖上的疣。

她快步走過老師身邊，躲到教室最後面。

「好了，我們剛才講到哪裡？」邦格斯先生開始上
課。

「維京人。」湯瑪斯說。他是全班最聰明的學生。

「哦，對，維京人。謝謝你，湯瑪斯。好，維京人
有一套很特別的信仰與神話體系。有誰能告訴我他們相
信什麼？」

「精靈。」湯瑪斯很有自信地回答。

「很好，湯瑪斯，」邦格斯先生讚許地說。「沒錯，精靈。還有呢？」

湯瑪斯又是第一個舉手的人。

「有其他同學知道答案嗎？」邦格斯先生又問。「梅根，妳說。」

「巨人？」梅根的語氣不太確定。

「好極了，巨人。還有嗎？除了湯瑪斯以外，還有人有其他想法嗎？」

孩子們繼續猜，翠絲則拆下牆上用來固定海報的圖釘，開始在書桌上亂刻。現在正是打擊別人、「壓扁」別人的好時機。她一邊刻字，一邊得意地笑。

湯瑪斯是大笨蛋

寫完「蛋」字那瞬間，她的牙齒突然一陣刺痛。

「哎喲！」 痛到她忍不住叫出來。

翠絲看看窗戶上的倒影。她的牙齒全都變尖了！

現在的她長得好恐怖，連她自己都怕。她張大嘴巴，發出無聲的尖叫。

愛惡搞的翠絲

「山怪！」 保羅大喊。

「很好，保羅，」邦格斯先生說。「下次發言前記得舉手。不過你說得沒錯，維京人確實相信山怪的存在。」

「不是啦，老師！你看！有山怪！」 保羅慌張地指著翠絲大叫。

全班立刻轉頭看向教室後方。

「啊啊啊！」 學生們放聲尖叫，只見翠絲的制服外套應聲裂開……

唰──！

……冒出毛茸茸又厚實的背。她的鞋子也跟著繃開……

啪──！

……探出十根又肥又髒的腳趾。

「噁──！」翠絲覺得被大家盯著看很不舒服。她的指甲全是黑的，天曉得為什麼。

邦格斯先生躊躇不前，小心翼翼地靠近那個坐在教室裡的怪物。

「翠絲，妳還好嗎？」他問道。「妳變得好像某種……呃……山怪。」

「我才不是山怪！」 翠絲怒吼。她的聲音突然變得好沙啞、好低沉，很像那種每天抽一百根香菸的一百歲老人才會有的嗓音。

「這個嘛，老實說，翠絲，妳現在看起來真的很像山怪。」邦格斯先生回答。

「給我滾開，你這個大鼻子狒狒！」 翠絲大聲咆哮。

梅根和雪柔互看了一眼。她們終於知道是誰在搞鬼了。

「翠絲就是那個一直亂寫亂塗鴉的人！」梅根大喊。

「閉上妳的嘴，象腿女！」
「她就是那個瘋狂惡搞的人！」 雪柔大喊。

愛惡搞的翠絲

　　翠絲的惡行曝光了。她得離開這裡才行，而且要快。她衝向教室門口，卻發現她的手爪沒辦法握住門把。

　　「這什麼爛門嘛！」她氣沖沖地大吼，用肩膀猛地把門撞開，連鉸鏈都脫落了。

整扇門就這樣重重砸在地上。

「**快阻止那個山怪！**」邦格斯先生大喊。

氣嘟嘟
糟糕壞小孩

　　翠絲踩著小碎步跑過走廊，其他教室的門紛紛打開，老師和學生都蜂擁上前，想看看究竟是什麼引發這麼大的騷動。很快的，幾百名師生都加入追逐的行列，其中最激動的非年邁的副校長柏屈小姐莫屬。她坐在電動輪椅上狂飆，緊追著翠絲不放。

嗶────！

「**孩子們，跟我來！**」柏屈小姐喝道。

愛惡搞的翠絲

　　翠絲被逼到走廊角落，被人群團團包圍，無處可逃。

　　「別過來！我會咬人喔！」 翠絲露出尖牙威嚇。

　　「妳試試看呀，」柏屈小姐笑著說。

　　「衝啊！」 她揮舞著拐杖大吼，電動輪椅朝著翠絲全速前進。

氣嘟嘟
糟糕壞小孩

翠絲情急之下跳出窗外……

砰！

……她飛也似地越過操場，衝出校門。現在全校都在追她，大家邊跑邊叫；過沒多久，連路人也跟著一起追上去。

「嘿這！」導護阿姨大叫。

「**抓住她！**」交通督導員大吼。

「在那裡！」教區牧師大喊。

愛惡搞的翠絲

　　翠絲跑過自家公寓大樓，大家知道她住那裡，所以她不能上去。她飛快鑽進公寓後方的樹林，來到一座詭異的教堂墓園裡。翠絲累得筋疲力盡，躺在一塊墓碑旁休息。

　　「這邊！」柏屈小姐的聲音傳來。她坐在電動輪椅上帶領大家追捕翠絲。「我聞到她的氣味了！」

　　翠絲立刻躲到墳墓後面。群眾們沒發現她，只是快速穿越墓園繼續搜索。

　　翠絲好害怕，不敢從藏身處出來，決定待在原地等天黑後再行動。

　　可是太陽一下山，那些人又舉著火炬和乾草叉湧進教堂墓園。

　　「腳印到這裡就沒了。」邦格斯先生拿著一枝用來抓蝴蝶的大網子說。

氣嘟嘟糟糕壞小孩

「表示那個怪物一定躲在墓園裡。」帶著一把老式火槍的柏屈小姐回答。

熊熊的火光照亮了墓園。過沒多久，邦格斯先生就發現有隻毛茸茸的大腳從墳墓後方伸出來。

「**在這裡！**」他立刻停下腳步高喊。

「她是我的！」坐在電動輪椅上的柏屈小姐舉起火槍瞄準目標。

翠絲除了拔腿狂奔外沒別的辦法。

砰！ 砰！

現場頓時槍聲大作。火花點亮了夜空。

翠絲匆匆穿過樹籬，跌跌撞撞地滾下陡峭的河堤，跳進冰冷的河水裡。

撲通！

愛惡搞的翠絲

眾人在岸上看著湍急的水流把翠絲沖走。

「該死！」柏屈小姐罵了一聲髒話。「我沒火藥了！」

翠絲就這樣在河裡載浮載沉，過了一整夜。她發現自己就要流進大海裡了。

「救命啊！」
她放聲尖叫。

可是岸邊離她好遠好遠。

正當她覺得自己就要被大海吞噬的時候，她發現了

氣嘟嘟
糟糕壞小孩

一座小島——應該說一塊冒出水面的岩石比較貼切。一股暗潮把翠絲帶到岩島旁邊。她伸出爪子般的手奮力爬上岩石，把自己撐上去；洶湧的浪濤在周圍猛烈拍打，激起陣陣水花。眼前那座**冰冷陰暗**的洞穴是唯一能讓她遮風避雨、不受殘酷大海吞食的地方。翠絲一邊咳嗽，一邊爬進去。

洞穴成了山怪翠絲的新家，裡面的空間小到她連站直都沒辦法。

「**噢，不！**」翠絲哭著說。「**我被壓扁了！**」

現在她知道那是什麼感覺了。她就這樣在岩島上度過下半生。

翠絲從此過著不幸福又不快樂的日子。

好勝心強的
柯林

第一名

贏家

冠軍

好勝心強的
柯林

　　柯林的身高很矮，他很討厭自己這麼矮，覺得大家老是看扁他。不過說句公道話，要看柯林確實得往下看沒錯。

　　柯林每天晚上都會躺在床上咒罵自己的爸爸媽媽，怨恨他們長得太矮，還把他生得這麼矮。

好勝心強的柯林

「不公平！該死的矮子爸媽，都是他們害我永遠長不高！」他自言自語地說。「等著看吧，我會讓大家知道我**高人一等**！」

柯林凡事都要贏。遊戲規則與公平競爭對他來說完全沒意義。他就是要當優勝者。他就是要得第一。

強烈的好勝心讓他變成一個差勁的玩伴。

在派對上玩「傳禮物」的時候，他會緊抱著禮物不放，不願傳給下一個小朋友，就算負責照顧他們的大人抓著禮物旋轉、想把他甩開，他也不鬆手。

「我**不會**放手的！」

玩「聽音樂搶椅子」的時候更糟。他會在遊戲開始前用強力膠把屁股黏在椅子上，這樣他就永遠不會輸了。

「我贏了！」

氣嘟嘟
糟糕壞小孩

有一次玩捉迷藏時，他在抽屜櫃裡躲了整整一週，堅信別人絕對找不到他，這樣他就永遠都是捉迷藏冠軍了。

「哈哈！」

除此之外，他還會看電視上的益智遊戲節目，背下答案，然後和爸爸媽媽一起看重播，在他們來不及回答前大聲講出答案。

「我最聰明！」

參加兩人三腳比賽時，他會跟奶奶借木製義肢綁在自己的腿上，這樣他就不會因為跟別人綁在一起而拖慢速度。

「我得了金牌！奶奶，妳的假腿還妳！」他會放聲大喊，把義肢丟給在操場另一邊的奶奶，害她往後跌倒在地。

「哎喲！」

好勝心強的柯棣

　　如果下棋輸得很慘，他就會偷踢棋盤，震得所有棋子到處亂飛，再悄悄收回自己的腳，假裝是場意外。

碎！

咚！

「就算我贏好了？」

　　袋鼠跳賽跑的時候，他會使出奸詐的手段，把一臺迷你摩托車藏在布袋下，飛也似地超越其他參賽者。

轟——！

　　玩「音樂木頭人」（一種跟著音樂跳舞，音樂一停就不准動的遊戲）的時候，他會先把自己泡在水泥裡風乾，這樣他就從頭到腳完全不能動，成為遊戲的贏家。

　　缺點是之後得拿大鐵鎚把水泥敲破，他才能重獲自由。

「哎喲！」

每次考試，柯林都會想盡辦法確保自己拿到全班第一。他會準備迷你麥克風和迷你耳機，再用巧克力買通別的男孩，叫對方帶著一堆課本在外面幫他找答案、回報給他。

「我又考了一百分！」

參加學校賽跑的時候，他會自備起跑鳴槍，在跑過終點線時扣板機。

「我贏了！」 砰！

足球比賽時，他會把球綁在腳上，這樣他就永遠不必傳球，其他人也不可能射門得分，只有他可以。

「射門得分！」

好勝心強的柯林

　　柯林的房間裡有一座巨大的展示櫃，他幾乎每天晚上都會放進新的戰利品，像是獎盃、獎牌或證書等。不管贏了什麼，他都會拍拍自己的背，自我表揚一番。

　　「幹得好，柯林。」他對自己說。

　　他樣樣拿第一的新聞很快就傳播開來。先是地方報紙寫了相關報導……

在地男孩力抗矮小身高，勇奪獎牌之類的東西

……接著全國報章雜誌都開始瘋傳。

神奇小子！人小志氣高！

　　還有電視節目邀請他接受專訪。

　　「柯林，這個戰利品櫃真是太了不起了！」主持人大為驚嘆。

　　「謝謝，我猜我大概是不管做什麼都很厲害吧。」

　　「太不可思議了，看看你，頂多**五歲**而已吧。」

　　「我**十歲**。」

　　「哎呀，抱歉。」

氣嘟嘟
糟糕壞小孩

　　英國奧運代表隊領隊薩克勳爵坐在由橡木鑲板裝潢而成的辦公室裡看柯林的專訪。薩克勳爵是個身材肥胖、留著濃密白色鬍子的老人，他年輕時是個運動員。

　　「上帝一定聽見我們的禱告了！這個男孩就是祂的回應！」他大叫。「他簡直就是獲勝機器。」

　　薩克勳爵搜尋柯林的電話號碼，立刻打給他。

鈴 鈴！ 鈴 鈴！

　　「請問是柯林‧克隆特嗎？」他問道。

　　「對，請問哪裡找？」

　　「我是薩克勳爵，你可能有聽過我的名字。」

　　「當然有，薩克先生——我是說，勳爵。」

　　「我們隊上最優秀的運動員不幸在訓練中摔斷腿，可是週六有一場百米短跑比賽。柯林，你的國家需要你幫忙奪得**金牌**！」

好勝心強的柯林

　　話筒另一端的柯林頓時陷入沉默。他的胃劇烈翻攪，有種想吐的感覺。在學校運動會作弊是一回事，在奧運賽場上作弊又是另外一回事。

　　「柯林！柯林！你有在聽嗎？」

　　「有，薩克勳爵，我有在聽。」

　　柯林的思緒不斷飛馳。他開始想像獲勝的榮耀。要是他能成為世界上速度最快的人，就再也不會有人提起他的身高了。想到這裡，他的腦海突然蒙上一層金黃色薄霧。奧運是全球最頂尖的運動賽事，任何獎品都比不過**奧運金牌**。好勝心強的柯林克制不住內心的渴望。

　　「怎麼樣，孩子？你考慮好了嗎？」

「好了，我願意參加比賽！」

　　「太好了。那我們明天一早在英國奧運代表隊訓練中心見。車程大約一個小時。不過就你的能力來看，應該跑半個小時就到啦！」

　　「可、可、可是，薩克勳爵……」柯林支支吾吾地說。他看了戰利品櫃一眼，很清楚裡面沒有一個獎項是他應得的榮譽。一切都是靠作弊騙來的。

　　「什麼事，孩子？」

氣嘟嘟
糟糕壞小孩

「我比較想單獨訓練。」

「單獨訓練?」薩克勳爵自踏入體育界以來從沒聽過這種事。

「對,我想自己在我的房間裡訓練。」

「你的房間?!」 薩克勳爵開始起疑心了。

「對。」

「可是這是百米短跑比賽耶!你的房間有多大?」

「我不知道。」

「大概猜一下。」

「五公尺寬吧。」

「好,那你要怎麼在這麼小的房間裡練習一百公尺短跑?」

柯林想了一下。

聽起來有道理。

「好吧,反正看你的體育成績就知道你很厲害。那我們比賽那天見。柯林,別讓我們失望。」

薩克勳爵掛上電話。

「我可以繞圈跑。」

好勝心強的柯林

柯林覺得有點腳軟，一頭倒在床上。要在奧運賽事上奪得勝利，他得想出一個天大的好辦法才行。

那天晚上，柯林躺在床上翻來覆去，腦海中反覆思索各種作弊方法，直到清晨才迷迷糊糊入睡……

用大炮把自己發射出去，飛過終點線

把一群綿羊趕上跑道，擋住其他參賽者的路

在其他參賽者內褲後面綁鐵塊，這樣他們起跑時就會被鐵塊拖住，用力往後彈。

氣嘟嘟
糟糕壞小孩

把所有參賽者的鞋帶綁在一起，起跑鳴槍一響，所有跑者就會跌成一團。

哎喲！

開一臺冰淇淋車到跑道上，讓其他參賽者免費吃冰淇淋，這樣他們賽前就會消化不良，無法比賽。

嗝！

在起跑線上放整人臭彈。 **噗！**

汪！
汪！

安排一輛雪橇和一群哈士奇在後面追他，讓他跑快一點。

啪！

騙大家那天其實是「用湯匙運雞蛋」趣味競賽，讓其他跑者拿著湯匙和蛋上場，拖慢他們的速度。

騎在獵豹身上搭便車（獵豹是世界上最快的動物）。

吼！

好勝心強的柯林

或是單純跑得比其他人快。

可惜的是，這些點子都註定會失敗，尤其是最後一個。正當柯林準備反悔放棄時，腦海中豐富的想像力澈底發威，創造出一個完美的計畫。

首先，他買了他能找到尺寸最大的跑鞋，至少比他的腳大兩倍，讓他看起來好像小丑。

接著，他在鞋底挖洞，把舊玩具車的輪子拆下來裝到鞋子上。

最後，他四處尋找，把最大、爆發力最強的煙火弄到手，再割開鞋子後面，將大煙火塞進去。

當其他參賽者卯足全力衝刺，他只要點燃煙火引線，就能踩著他的火箭動力鞋輕輕鬆鬆飛過他們身邊，贏得奧運金牌。

都準備到這個地步了，還能出什麼差錯嗎？

「你比我想得還要矮。」薩克勳爵說。這是他第一次見到柯林。

「喔，大家都這麼說。」柯林的語氣流露出一絲抱怨。

　　他們站在宏偉寬敞的日本東京奧運體育館裡，氣氛非常熱烈，讓人心情澎湃。各國國旗隨風飄揚；現場人山人海，數不清的體育迷擠在座位上；場邊更架著來自世界各地的攝影機，將賽事轉播給全球數十億觀眾。

好勝心強的柯林

薩克勳爵低頭看看柯林的超大跑鞋。「天哪，你的腳還真大。」

柯林的鞋子長度幾乎快跟他的身高一樣了。他暗暗希望不會有人注意到他的鞋有多大，但好像不太可能。

「謝謝，薩克勳爵。這就是我之所以能跑那麼快的原因。」

「真的嗎？」

「呃，我說『跑』……我的跑步方式的確不太尋常。我跑步的時候，腳不會離開地面。」

薩克勳爵大吃一驚。「我非常擔心，孩子。你代表的是我們**偉大的國家**（它的名字也很大，叫大不列顛王國），參加的是全球最重要的體育競賽。現在你跟我說你跑步時腳不離地？我這輩子從沒聽過這麼荒謬的事。柯林，我要把你換掉，不讓你比賽了。」

「不，薩克勳爵，拜託，我一定會贏得金牌。我保證。」

一個高大的身影走過柯林身邊。他是牙買加代表選手艾克・史卡波，世界上**最快**的男人，一共奪下一〇三面奧運金牌。他瞄了柯林一眼，忍不住偷笑。

「哈哈哈！」艾克笑著走向跑道。

「孩子，你最好快點過去。」薩克勳爵說。

柯林有點勉強地滑向起跑線。穿著制服的奧運官方工作人員拿著起跑鳴槍踏上賽場。

「各位參賽者，請到起跑線上預備。」

艾克正好在柯林隔壁的跑道。他蹲下來都比柯林站著還高。

「借你鞋子的小丑還真好心！」
艾克低聲說，露出嘲諷的微笑。

柯林搖搖頭。

好勝心強的柯林

他等不及要給這個幽默、帥氣——更糟的是——高大的男人一點教訓了。他把手伸進短褲口袋，掏出一盒藏得很巧妙的火柴。

「**各就各位！**」工作人員大喊。

「我會在終點線喝英國茶等你！」艾克對柯林說。

柯林點燃左腳的引線。

「**預備！**」

可是柯林不小心燙到手指，火柴就這樣被甩到地上，來不及點右腳的引線。

「**哎喲！**」

這可能會帶來一場大災難。

砰！

　　　起跑鳴槍響起。

運動員們飛也似地跑向終點線，領頭的人正是艾克・史卡波，一如往常。

在只有左腳煙火點燃、右腳拖在後面的情況下，柯林很難沿著直線跑。他斜斜地切過跑道往前衝，撞上其中一位跑者。

砰！

氣嘟嘟 糟糕壞小孩

「哎喲！」

那名跑者被柯林撞飛。

墜落地面。

柯林就像第一次到溜冰鞋

舞廳的長頸鹿一樣瘋狂旋轉、到處亂衝，

又撞上好幾個跑者。

「咿！」

咚！

砰！

砰！

砰！

「哎喲！」

「哎喲！」

「哎喲！」

他們一個接一個跌倒在地。

咚！咚！咚！

原本如花式滑冰般單腳旋轉的動作開始

失控了。另一隻穿著大鞋的腳跟著狂轉，

踢中幾位跑者的臉。

「哎喲！」
　　「哎喲！」
　　　　「哎喲！」

他們全都倒在地上，跌成一團。

　　很快的，場上只剩一個人沒有被擊倒；不用說也知道，那個人就是奧運傳奇艾克‧史卡波。正當他快要衝過終點線、贏得第一〇四面奧運金牌時，柯林鞋子裡的煙火

爆炸了……

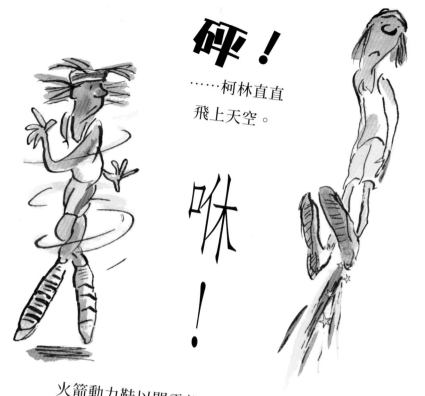

砰！

……柯林直直
飛上天空。

咻！

火箭動力鞋以閃電般的速度劃過天際，小小的柯林
則被拖在後面胡亂揮舞手臂，瞬間衝破雲層。老實說他
很喜歡上面的環境，覺得好安詳、好平靜。有那麼一
刻，他就這樣靜靜飄浮在空中動也不動。不過既然飛上
天，就會往下墜，而且是全速那種。柯林看到艾克在遙
遠的地面上奔跑，就快越過終點線了；艾克抬頭往上
瞄，柯林正好降落在他身上……

「哎喲！」
……害他昏了過去。

艾克像一棵大橡樹般倒在地上。

咚！

柯林坐在艾克身上，現在他只要站起來跨過終點線就好。他舉起雙手，開心迎接勝利。

看到這一幕，場館內的觀眾都氣炸了。

「噓——！」

這個來自英國的小男孩不只破壞比賽，還把世界上最快的男人撞昏。

「太丟臉了！」薩克勳爵大步走向柯林，氣沖沖地說。「你應該為自己感到羞愧。你讓奧運蒙羞，讓偉大的英國蒙羞，更重要的是，讓你自己蒙羞。」

柯林還來不及回應，廣播系統就傳來一個響亮的嗓音。「百米短跑比賽冠軍是英國的柯林・克隆特！」

觀眾的噓聲更大了。

「噓——！」

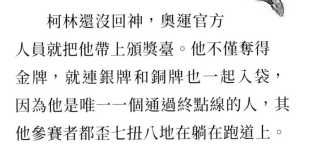

　　柯林還沒回神，奧運官方
人員就把他帶上頒獎臺。他不僅奪得
金牌，就連銀牌和銅牌也一起入袋，
因為他是唯一一個通過終點線的人，其
他參賽者都歪七扭八地在躺在跑道上。

　　場館裡數十萬名觀眾與電視機
前數十億名觀眾噓聲不斷，柯林
則滿臉笑容、得意洋洋地享受
當下。

「噓──！」

　　從那一刻起，柯林就變成大家心目中的頭號公敵。
每次他走在街上都會有路人噓他，甚至拿爛掉的水果丟
他。

啪！

「嘘！」　**咚！**　「作弊！」

「嘘！」

啪！　　「滾！」

　　這表示柯林永遠不能出門。他必須待在房間裡拉上窗簾，以免有憤怒的路人經過，用爛番茄砸窗戶。

啪！

　　三面奧運獎牌成為柯林的戰利品櫃裡最重要的收藏。他每天晚上睡覺前都會把獎牌掛在脖子上，然後站在鏡子前好好欣賞、讚美自己。

　　「我是世界上唯一一個在同一場比賽中拿下金牌、銀牌與銅牌的人，」他對自己喊話。「我是最棒的，而且一點也不矮。」

　　說完，他會拍拍自己的背自我鼓勵，獨自一人坐在漆黑的房間裡。

老是說不的
諾伊

　　從前從前，有一個小女孩叫諾伊。她從小到大只說「不想」、「沒有」、「不要」、「不對」等諸如此類的**否定詞**，這是她最愛的詞，也是一種如果太常說就會把其他人**逼瘋**的詞。

　　諾伊最喜歡看到這些詞所造成的混亂了。她覺得

老是說不的諾伊

「否定」就像炸藥一樣，假如你用得夠多，就能引發大爆炸。

轟轟轟轟轟轟！

無論爸爸媽媽在家要她做什麼，她的答案永遠不變。

「諾伊，可以請妳整理一下房間嗎？」

「不要！」

「諾伊，別這麼貪心，留點巧克力給我吃好嗎？」

「不要！」

「諾伊！可以把音樂關小聲點嗎？！」

「不要！」

她的爸爸和媽媽

經常 氣得

跳

腳。

「不要，不要，老是說不的諾伊！」

氣嘟嘟
糟糕壞小孩

諾伊發現否定詞在學校引起的風波更大，更容易讓人抓狂。

故事發生在某天早上，諾伊在學校操場喝香濃巧克力奶昔。

她只喝了一半就不想喝了，於是便把紙杯隨手一扔，正好丟在校長腳上，害他的鞋子和長褲全都濺滿巧克力奶昔。葛賓斯校長那天就和平常一樣穿著乾淨無瑕的三件式西裝，打了一條俐落的領帶。他很討厭別人亂丟垃圾，希望全體師生都能像他一樣整潔。

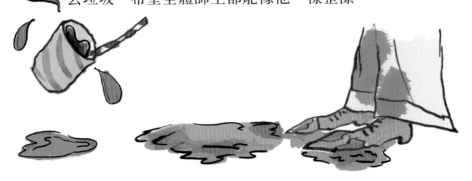

「諾伊？快把垃圾撿起來！」校長用命令的口氣說。

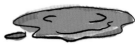

老是說不的諾伊

「**不要！**」

「**要！**」

「**不要！**」

「馬上撿起來！」

「**不要！**」

葛賓斯校長氣得臉都紅了。

「諾伊，立刻到校長室來！」

「**不要！**」

「好，我要罰妳留校察看！」

「**不要！**」

「留校察看兩天！」

「**不要！**」

「呃，我……嗯，我，呃，
妳被退學了，即刻生效！」

「**不要！**」

「好了，夠了！這是我最後一次警告妳，
聽清楚了嗎？」

葛賓斯校長頭上的青筋都爆出來了。

「不清楚。」諾伊露出得意的微笑。她很少看到有
人對她最愛的「否定」產生這麼**激烈**的反應。

氣嘟嘟
米糟米糕壞小孩

「我是說，我以後會直接處罰妳，不會再給妳警告了。諾伊，我想妳應該很明白，對嗎？」

「不對。」

「諾伊，我認為妳懂我的意思。」

「不懂。」

「懂。」

「不懂。」

「懂。」

「不懂。」

葛賓斯校長想騙諾伊說「懂」，所以他故意說「不懂」。

「不懂。」

諾伊停頓了一下，然後說：

「不懂。」

葛賓斯校長撲通一聲趴倒在地，開始像狼一樣激動吼叫。

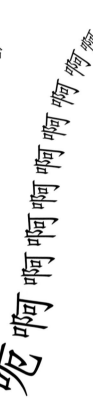

「呃啊 啊 啊 啊 啊 啊 啊 啊！

老是說不的諾伊

顯然他已經受不了了。很快的，其他學生紛紛跑過來圍觀，想看校長會不會像氣球一樣爆炸。

砰！

幸好，學校的老工友波茲先生正在操場另一邊清掉卡在鬍子上的落葉。他看到這場騷動，立刻踩著蹣跚的腳步走過來。他扶著葛賓斯校長，讓他躺在園藝推車裡鬆軟的落葉上。

「我們走吧，校長。」波茲先生輕聲說。

他推著葛賓斯校長離開，對諾伊拋了一個責難的眼神，諾伊只是對他嘻嘻笑。

這個小插曲讓波茲先生反覆思考……要是他能讓那個女孩說「好」、「對」、「可以」之類的**肯定詞**，這個世界就會變得**更美好**。

問題是，諾伊絕對不會用這些詞。對她而言，這類詞語很無聊，沒辦法讓人抓狂。

氣嘟嘟 糟糕壞小孩

多年來，諾伊已經成為學校的風雲人物，大家都知道，她很會把老師搞瘋。

有一次，地理老師寧布斯先生帶大家去鄉村郊遊，可是不管他說什麼，諾伊都說不，讓他覺得非常沮喪，最後竟然人間蒸發，失蹤了**六個月**，好不容易才找到他。當時他只穿著一條內褲，住在洞穴裡靠雨水和泥土過活，整個人瘦成皮包骨。

體育老師史普莉格小姐也曾被諾伊氣哭（因為她拒絕做任何運動），把自己鎖在廁所裡。史普莉格小姐整整**一學期**都沒出來，只靠別人塞進門縫裡的餅乾維持生命；就連茶也是從門縫倒進來，所以她得像小狗一樣用舌頭舔。

老是說不的諾伊

　　戲劇老師史諾德先生的遭遇稍微好一點。練習即興劇的時候，諾伊從頭到尾只會說不。即興劇的首要規則就是永遠說**「好」**，接受別人丟出來的素材即興發揮。史諾德先生忍了好多年，最後終於受不了，跑到學生餐廳裡拿木勺猛敲自己的頭。

　　上理化課時，諾伊會拒絕老師萊德曼小姐提出的每一個要求，可憐的萊德曼老師崩潰到開始吃自己的鞋子，大聲哭喊**救命**。

　　眾多受害者中最慘的大概就是美術老師尼克諾克小姐。諾伊只會在畫布上寫下一大堆**「不」**，尼克諾克小姐最後澈底失心瘋，把屁股泡在藍色顏料裡，繞著校園跑來跑去，將屁股貼到眼前所見的任何平面上。每面牆、每道門和每扇窗戶都有她的屁股印。她現在在放永久有薪假，而且永遠不能找新的工作。

諾伊很享受自己製造出來的混亂。她下定決心，一生都要對一切說**不**。

有一天，波茲先生到在地的書報攤買他最愛的太妃夾心軟糖。每個禮拜五下午下班後，他都會買一大包準備週末享用。

「好了，波茲先生，一包本店最高級的夾心軟糖，」書報攤小販一邊說，一邊把糖果倒進棕色紙袋裡。「你是我最喜歡的顧客，這包免費贈送。」

「謝謝你，拉吉。」波茲先生說。

「不過記得把紙袋拿回來還我。我只剩那個袋子了。」

叮！

掛在門上的鈴鐺響了，走進店裡的是諾伊。

老是說不的諾伊

一看到她，拉吉立刻做了一個鬼臉。

「啊，老是說不的諾伊小姐！我最喜——」拉吉說不出口。「我最好的五百位客人之一。」

看得出來拉吉不是很歡迎諾伊來他店裡。波茲先生很好奇，一個只會說**不**的人要怎麼買糖果呢？他決定晃到雜誌架旁假裝翻書，留下來一探究竟。

「需要什麼嗎，諾伊小姐？」拉吉問道。

「不需要。」諾伊回答。

拉吉嘆了口氣。「真麻煩。諾伊小姐，妳要像平常一樣買包綜合甘草糖嗎？」

諾伊猶豫了一下。她很想吃綜合甘草糖。

她緊盯著拉吉身後的糖罐，嘴裡不斷分

泌口水。

拉吉決定再試一次。「老是說不的

諾伊小姐，妳不要買一包綜合甘草糖嗎？」

「不要不要。」

「那就是要囉！」拉吉大喊。

「對嗎，諾伊小姐？」

「**不對！**」諾伊忍不住跺腳。顯然她也被自己老愛說不的行為逼瘋了。波茲先生假裝翻閱《女性週刊》，嘴裡吃著太妃夾心軟糖，很想看看接下來會發生什麼事。

　　「天啊！」拉吉無奈地大喊。「這樣又要搞一整夜！諾伊小姐，妳這輩子能不能說一次『對』或『好』就好？拜託？」

「不要！」

老是說不的諾伊

　　「好！」拉吉有點惱火。「我奉陪到底！妳 **不要 不要 不要** 不要 **不要 不要** 買一包綜合甘草糖嗎？」

　　諾伊向來得意的臉上冒出一堆問號。拉吉說了太多「不要」，多到她數不清。

　　「還是妳 不要 **不要 不要** 不要 **不要 不要 不要 不要 不要** 買一整包？」

　　諾伊看起來好挫敗。

　　「或是妳**不要 不要 不要 不要 不要 不要 不要 不要 不要 不要** 不要 不要 **不要 不要 不要** 無限個不要買一包綜合甘草糖？」

　　諾伊對拉吉大聲咆哮，跑到店外把展示用的過期復活節蛋 全撥到地上。

「我贏了，諾伊小姐！」

「哈！哈！」

　　拉吉暗暗竊笑。

「真是太聰明了，拉吉！」波茲先生嚼著太妃夾心軟糖，含糊不清地說。

「多謝誇獎，波茲先生！要捉弄那個煩人的小女孩，用這招就對了。在她面前說一大堆不，讓她數都數不清。」

「我一定會把這個方法告訴學校老師，她快把他們逼到絕境了。」

「確實該這麼做，波茲先生。現在可以請你把紙袋還我了嗎？」

波茲先生看看袋子。「拉吉，裡面還有十二顆耶。」

「這樣啊，那你就全都塞進嘴裡吧。快點！」

「我過了週末再還你啦！」

「那你就細嚼慢嚥就好啦！」

波茲先生勉為其難地把剩下的糖果塞進嘴巴裡。他的臉頰漲得鼓鼓的，好像兩顆大氣球。

「太感謝了，波茲先生，」拉吉收回棕色紙袋，俐落地折好。「下週五見！」

叮！

老是說不的諾伊

波茲先生有一整個週末可以擬訂計畫。一吞下嘴裡的太妃夾心軟糖，他就立刻拿起電話打給葛賓斯校長，把自己的想法告訴他。

「不過，校長，這個計畫一定要全校一起參與才會成功。老師、餐廳阿姨、秘書、清潔工，當然還有學生，每個人都要。」

「好，我知道了。對了，波茲先生，你何不趁週末把學校裡的標語全都換掉？希望這樣能順利反制諾伊，**把她煩死！**」

「你一定會讓她學到教訓的。」

「我們都會！」

波茲先生掛上電話，立刻展開行動。

學校裡所有標語都變了。

「不要在走廊上奔跑」變成

不要 不要 不要 不要 不要 不要 不要 不要 不要 不要 **不要** 在 **走廊上奔跑**。

氣嘟嘟
糟糕壞小孩

「不要在這裡打球」變成

不要 不要 **不要** 不要 不要 **不要** 不要 **不要** 不要
不要 不要 不要 **不要** 不要 **不要** 不要 不要
不要 在這裡打球 。

「不要在圖書館喧嘩」則變成

不要 不要 不要 不要 不要 不要 不要 不要 不要
不要 不要 不要 **不要** 不要 不要 不要 不要 **不要**
不要 **不要** 不要 不要 不要 **不要** 不要 **不要**
不要 不要 **不要** 在圖書館喧嘩。

　　終於等到禮拜一早上了。葛賓斯校長難掩興奮。諾伊上學老是遲到（大多是因為她拒絕付車錢導致公車延誤的關係），他剛好可以趁這個機會召集全體師生與員工說明一切。

　　「今天，我們要好好捉弄一下諾伊，那個只會說不的女孩。」

「萬歲！」 大家爆出一陣歡呼。

老是說不的諾伊

校長特地把尼克諾克小姐（就是到處留下藍色屁股印的那位美術老師）請回來。她可不想錯過這場好戲。

「問諾伊問題的時候，請盡可能加上一大堆否定詞，這樣她的腦袋就會一片混亂，不不不不不不不知道該不該說不。」

大家聽得好專心。

「要是有人能讓諾伊說出「好」或「對」之類的肯定詞，大家今天就不用上課了！」

「**好耶！**」 又一陣巨大歡呼。

「我們還會舉辦一場

盛大的派對！」

「**耶——！**」

　　波茲先生也在禮堂裡。他站在摺疊梯上看向窗外，密切注意諾伊的身影。

　　「她來了！」波茲先生看到諾伊穿越校門，立刻大喊。

　　「好！」葛賓斯校長說。「大家記得表現得自然一點！」

　　一旦有人叫你表現得自然一點，你的表現就會變得很不自然。帶著祕密走來走去的感覺就像抱著一顆搖搖晃晃的大果凍，彷彿隨時都會失手掉到地上。

　　孩子們一窩蜂地跑向操場，用問題轟炸諾伊。

　　「諾伊，妳不想 **不想** 不想 **不 想** 不想 不想 **不想** 不想 **不想** 來我家喝茶嗎？」

　　「諾伊，妳不要 不要 **不要** **不要** 不要 **不要** 不要 **不要** 不要 **不要** 不要 不要 **不要** 吃我的洋芋片嗎？」

　　「諾伊，妳不要 不要 不要 **不要** 不要 **不要** 不要 **不要** 不要 **不要** 不要 不要 **不要** 不要 **不要** 不要 **不要** 抄我的數學作業嗎？」

　　「諾伊，妳不想 **不想** 不想 **不 想** 不想 **不想** 不想 **不想** 不想 **不想** 不想 **不想** 不想 **不想** 不想 **不想** 不想 不 想 不想 **不想** 跟奈德・薛比約會嗎？」

「諾伊，妳的名字不是

不是　不是　不要　不是
不是　不要　不要
不要　不是　不是
不是　不是
不是　不要　不是
不是　不要
不要　不是
不要
不是　不要
不是　不是
不是　不是
不是　不是
不要　不是　不是　不是
不是諾伊嗎？」　不是

「啊！」　諾伊放聲尖叫。

她覺得好沮喪，頭好像快爆炸了。她怎麼會走到這一步，困在無法說不的惡夢裡呢？

她衝進學校大樓，摀著耳朵跑過走廊。一連串無法回答的問題就像機關槍對著她不斷掃射。

砰—砰—砰！

諾伊被大家的聲音淹沒，突然間，她看到牆上的標語寫著……

不要 **不要** 不要 **不要** 不要 **不要** 不要 不要 **不要** 不要 **不要** 在走廊上奔跑。

到底是怎麼回事？！

「啊！」 諾伊再度尖叫。

她猛然停下腳步，不曉得該往哪個方向走才好。

老是說不的諾伊

「諾伊，妳等等不想 **不想** 不想 **不想** 不想 **不想** 不想 **不想** 不想 **不想** 不想 **不想** 不想 **不想** 不想 **不想** 不想 **不想** 不想 **不想** 不想 不想 不想 **不想** 不想 **不想** 不想 不想 不想 **不想** 不想 不想 不想 **不想** 不想 **不想** 不想 **不想** 不想 **不想** 不想 **不想** 不想 **不想** 不想 **不想** 早退嗎？」一個學生尖聲問道。

「諾伊，妳不想 **不想** 不想 **不想** 不想 **不想** 不想 **不想** 不想 **不想** 不想 **不想** 不想 **不想** 不想 **不想** 不想 **不想** 不想 **不想** 不想 **不想** 不想 **不想** 不想 **不想** 不想 不想 不想 **不想** 不想 不想 不想 **不想** 不想 **不想** 不想 **不想** 不想 **不想** 不想 **不想** 不想 **不想** 不想 **不想** 參加動物園校外教學嗎？」另一個學生問。

「諾伊，妳不要 不要 **不要** 不要 **不要** 不要 **不要** 不要 **不要** 不要 **不要** 不要 **不要** 不要 **不要** 不要 **不要** 不要 **不要** 不要 **不要** 不要 不要 不要 **不要** 不要 不要 不要 **不要** 不要 **不要** 不要 **不要** 不要 **不要** 不要 **不要** 不要 不要 不要 **不要** 不要 **不要** 不要 **不要** 不要 **不要** 不要 **不要** 不要 **不要** 我給妳我的晚餐錢嗎？」又一個學生問。

「啊啊啊啊啊！」諾伊放聲尖叫。

　　她拔腿就跑，飛也似地衝進英文教室，
用力關上門。

砰！

　　諾伊大大鬆了一口氣。可是她一轉身，卻發現老師
們都在那裡盯著她看。

老是說不的諾伊

「哈囉，諾伊，」地理老師寧布斯先生用爽朗的語氣說。「妳不想 寫作業嗎？」

「啊！」諾伊覺得自己快瘋了。

接下來換穿著運動套裝的體育老師史普莉格小姐上場。「諾伊，妳今年不想 參加越野賽跑嗎？」

「啊啊啊啊啊啊！」

　　諾伊氣到頭髮都豎起來，臉也變成紫紅色，看起來好像甜菜根。

　　最後是史諾德先生。「諾伊，妳覺得戲劇不是 不是 不是 **不是** 不是 **不是** 不是 **不是** 不是 **不是** 不是 **不是** 不是 **不是** 不是 不是 不是 不是 **不是** 不是 **不是** 不是 **不是** 不是 **不是** 不是 **不是** 不是 **不是** 不是 不是 不是 **不是** 不是 **不是** 不是 **不是** 不是 **不是** 不是 **不是** 不是 **不是** 不是 **不是** 不是 **不是** 不是 **不是** 不是 **不是** 不是 **不是** 不是 **不是** 不是 不是 不是 **不是** 不是 不是 不是 **不是** 不是 不是 不是 **不是** 不是 **不是** 不是 **不是** 不是 不是 不是 **不是** 不是 **不是** 不是 **不是** 不是 **不是** 不是 **不是** 不是 不是 不是 **不是** 不是 **不是** 不是 不是 不是 不是 不是 **不是** 不是 **不是** 不是 不是 **不是**一門愚蠢的科目還是 **不是** 不是 **不是** 不是 **不是** 不是 **不是** 不是 不是 不是 **不是** 不是 不是 不是 **不是** 不是 **不是** 不是 **不是** 不是 **不是** 不是 **不是** 不是 不是 **不是** 不是 不是 不是 **不是** 不是 **不是** 不是 **不是** 不是 不是 不是 **不是** 不是 **不是** 不是 不是 不是 **不是** 不是 **不是** 不是 **不是** 不是 **不是** 不是 不是 不是 **不是** 不是 **不是**？」

老是說不的諾伊

「啊 啊 啊 啊 啊 啊 啊 啊 ！」 諾伊大聲尖叫。

她再也受不了了。

葛賓斯校長來到教室門口。「諾伊，妳想要我們別再問妳這些蠢問題，對嗎？」

老師們滿懷期待地看著諾伊，波茲先生和其他學生則聚集在教室外面，透過窗戶觀看一切。

「對！」

她終於說出口了。

「萬歲！」

全體師生熱烈歡呼。

「哈哈！」葛賓斯校長大笑。

「我們成功了！」先前崩潰到吃鞋子的理化老師萊德曼小姐大喊。她抓住史諾德先生，在他光禿的頭頂上用力親一下，但史諾德先生看起來一點也不開心。

「噁！」他露出厭惡的表情。

波茲先生三步併成兩步跑進教室，校長張開雙臂擁抱他。

「波茲先生，你真是太天才了！」

「哦，那不是我的主意，是書報攤小販拉吉的點子！」

「是嗎？太好了，我就是請他籌辦派對呢！我們快到操場上看看他準備了什麼吧。」

老師們匆匆離開，留下校長和諾伊兩人。

「諾伊，我們終於讓妳說出**肯定詞**了，妳的心情

282

老是說不的諾伊

還好嗎？」校長拉拉領帶問道。

諾伊想了一下，突然有種如釋重負的感覺。

「**不好。**」她笑著說。

「**什麼?!**」

「我開玩笑的啦，校長。**好！很好！非常好！**我很高興。我喜歡『**好**』這個字！」

「好，很好，太好了！」葛賓斯校長大喊。

他帶著大家到操場上參加派對。

老師們全都跳下移動式舞池，隨著音樂扭腰擺臀，學生們則看著老師偷笑。大方的拉吉設了一個小攤位，提供大家免費的糖果。

「快來挑糖果哦！才過期十年而已！」拉吉扯開喉嚨大喊。

波茲先生在操場另一端安排了一場華麗的煙火秀。他點燃引線，耀眼的火花竄上天空，拼出一個巨大的字……

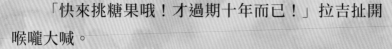

（好）

諾伊看著燦爛的煙火，對波茲先生說：

「這個字好美、好漂亮。」

David Walliams
大衛威廉的話

親愛的讀者，

如果你也是糟糕壞小孩之一，很氣自己沒有出現在書裡，別擔心。你的惡行還是有機會被寫成文字，讓未來的世代大為驚駭。這部偉大三部曲最終章就快要誕生了……

《糟糕壞小孩》
第三集！

David Walliams 大衛・威廉